丰子恺家塾课

外公教我学诗词

丰子恺◎绘
宋菲君◎著
李远达　高树伟◎评注
林　嵩◎审校

华东师范大学出版社
·上海·

图书在版编目（CIP）数据

丰子恺家塾课：外公教我学诗词. 2 / 丰子恺绘；
宋菲君著；李远达，高树伟评注；林嵩审校. —上海：
华东师范大学出版社，2021

ISBN 978-7-5760-1659-8

Ⅰ.①丰… Ⅱ.①丰… ②宋… ③李… ④高… ⑤林
… Ⅲ.①古典诗歌—中国—儿童读物 Ⅳ.
①I207.227.42-49

中国版本图书馆CIP数据核字（2021）第072866号

丰子恺家塾课2
——外公教我学诗词

绘　　者　丰子恺
著　　者　宋菲君
评　　注　李远达　高树伟
审　　校　林嵩
策划编辑　许　静
责任编辑　乔　健
责任校对　张梦雪　时东明
装帧设计　卢晓红

出版发行　华东师范大学出版社
社　　址　上海市中山北路3663号　邮编 200062
网　　址　www.ecnupress.com.cn
电　　话　021－60821666　行政传真 021－62572105
客服电话　021－62865537　门市（邮购）电话 021－62869887
地　　址　上海市中山北路3663号华东师范大学校内先锋路口
网　　店　http://hdsdcbs.tmall.com/

印刷者　上海盛隆印务有限公司
开　　本　890×1240　32开
印　　张　8.5
字　　数　195千字
版　　次　2021年6月第1版
印　　次　2022年8月第5次
书　　号　ISBN 978－7－5760－1659－8
定　　价　49.00元

出版人　王　焰

（如发现本版图书有印订质量问题，请寄回本社客服中心调换或电话021－62865537联系）

| 目录 |

"橄榄味"

三　日月楼中日月长

| "橄榄味" |

——《丰子恺家塾课——外公教我学诗词》序

丰子恺的绘画创作，从一开始就与诗词有着密切的关系。其成名作，即发表在朱自清与俞平伯合办的《我们的七月》（1924年）上的《人散后，一钩新月天如水》，画面上只是一张桌子、一把茶壶、几只茶杯、一道芦帘和一钩新月，但画的意境多半就从"人散后，一钩新月天如水"中得以传达。丰子恺漫画创作的第一个时期，其实就是"古诗新画"时期。丰子恺爱古诗词，他在《艺术的学习法》中认为"文学之中，诗是最精彩的"。他又在《漫画艺术的欣赏》中说："古人云：'诗人言简而意繁'。我觉得这句话可以拿来准绳我所欢喜的漫画。我以为漫画好比文学中的绝句，字数少而精，含意深而长。"

然而，正如丰子恺自己在《漫画创作二十年》中所说："我觉得古人的诗词，全篇都可爱的极少。我所爱的，往往只是一篇中的一段，甚至一句。"他在《画中有诗》中又言："余每遇不朽之句，讽咏之不足，辄译之为画。"他的老师夏丏尊把丰子恺的这些描写古诗词句的小画称作"翻译"，因为这些"古诗词名句，原是古人观照的结果，子恺不过再来用画表现一次"。丰子恺作这类画，用简洁的几笔，便能将诗词句的主旨表现得别有韵味。李清照《醉花阴》内容丰富，但丰子恺只选"帘卷西风，人比黄花瘦"一句，算是吃透了李清照的词意；李后主有词《相见欢》，丰子恺也只选"无言独上西楼，月如钩"一句，直接捉住了李后主写作时的心态。"古诗新画"并非只是丰子恺早期漫画中才有，此

1

后他在各个历史时期中都有众多这类画出现。比如最具有代表性的是他在1943年4月由重庆万光书店出版的画集《画中有诗》。该画集中所收集的，是丰子恺选取古诗句，以现代人的观照而创作的画。丰子恺在自序中明确地说："近来积累渐多，乃选六十幅付木刻，以示海内诸友。名之曰《画中有诗》。"朱自清在丰子恺的第一本漫画集《子恺漫画》的代序中写道："……我们都爱你的漫画有诗意，一幅幅的漫画，就如一首首的小诗——带核儿的小诗。你将诗的世界东一鳞西一爪地揭露出来，我们这就像吃橄榄似的，老觉着那味儿。"丰子恺的画中有"橄榄味"，是因为这是他从诗的世界中"东一鳞西一爪"揭露出来的。这种"橄榄味"，不仅作者自己受用，也让读者受用，他还希望自己的孩子们受用。

有感于丰子恺漫画与诗词的关系，这便联想到了本书。我知道，1986年7月，香港山边社出版了丰子恺儿童故事的单行本《丰子恺儿童故事集》，收儿童故事18篇，丰子恺的女儿丰宛音（即本书作者宋菲君之母）为此书作序言，序言中写道："这本书里的故事，极大部分是我父亲在抗战时期讲给我们听的。那时我们才十多岁。侵略者的炮火逼使我们背井离乡，到处流浪，受尽了苦难。但父亲始终坚信最后的胜利一定属于我们。他素性乐观开朗，一路上仍然和战前家居时那样，经常给我们讲故事。很多故事是逃难途中在舟车旅舍间讲的。到内地后，暂得定居，父亲虽然整天忙于文艺抗宣工作，但有空仍然经常给我们讲故事，还要我们听过后记下来，作为写作练习。"丰子恺的幼女丰一吟对此有细节上的补充，她也在《丰子恺儿童故事集》一书中有一篇文章，曰《父亲和我们同在》，文中写道："我依稀记得，其中一部分故事，正是父亲在我家的周末晚上讲给我们听的。抗战时期我家逃难到大后方，由于一路不断迁徙，我们兄弟姐妹的求学发生困难，父亲便用种种方法给我们补充教育。其中之一便是在周末为我们举行茶话会。从城里买五元钱的零食，我们团团地围坐在父亲身旁，边吃边听他讲话。过后我们必须把这些讲话按他要求用作文的形式记述下来交他修改。他称这些晚会为'和闲会'。按我们家乡话，'和闲'与'五元'的音近似。由于物价飞涨，不久，'和闲会'改名为'慈贤会'（'慈贤'与'十元'的音近似）。部分儿童故事，我们正是在这些会上听到的。"丰子恺之所以在抗战胜利后把这些故事写下来发表，应该是为了让更多的孩子"听"到他所讲的故事。因为丰子恺本人对写儿童故事有自己的说明。1948年2月，儿童书局出版丰子恺的儿童故事集《博士见鬼》。丰子恺在代序中谈了自己的观点：

> 　　我小时候要吃糕，母亲不买别的糕，专买茯苓糕给我吃。很甜、很香，很好吃。后来我年稍长，方才知道母亲专买茯苓糕给我吃的用意：原来这种糕里放着茯苓。茯苓是一种药，吃了可以使人身体健康而长寿的。

> 　　后来我年纪大了，口不馋了，茯苓糕不吃了；但我作画作文，常拿茯苓糕做榜样。茯苓糕不但甜美，又有滋补作用，能使身体健康。画与文，最好也不但形式美丽，又有教育作用，能使精神健康。数十年来，我的作画作文，常以茯苓糕为标准。

> 　　这册子里的十二篇故事，原是对小朋友们的笑话闲谈。但笑话闲谈，我也不喜欢光是笑笑而没有意义。所以其中有几篇，仍是茯苓糕式的：一只故事，背后藏着一个教训。这点，希望读者都乐于接受，如同我小

时爱吃茯苓糕一样。

丰子恺的家庭故事会，其实也正是本书作者所说的"课儿"的较早形式，是丰子恺为了教育儿童，对故事内容进行特别的选择，用十分亲和的方式寓教于乐。基于对古诗词的热爱，和对古诗词句中特殊教育功用的理解，"课儿"的对象又逐步扩大到他的孙辈，"课儿"也从讲故事，发展到教授古诗词。据本书作者言，丰子恺的教学方式很特别，他善于利用画家的方便，一面讲，一面绘示意图。其实这也是丰子恺经常使用的方式。有时丰子恺还会倒过来做，比如他为家中孙辈讲日本漫画家北泽乐天的漫画，他也会在解释画册上的画作时，在页面上同时作文字"翻译"，以便孩子们在"下课"后温习时进行文画互读。

丰子恺"课儿"的具体内容和方式，本书第一部分"外公的'课儿'传统"已有十分详细而生动的介绍。给人的感觉此与丰子恺的诗词观十分相契——当年他作画，对于精彩的诗词句，"讽咏之不足，辄译之为画"，如今复将这些古诗词名句，再用现代人的生活作一次全新的观照，帮助孩子们建立起对生活的一种态度——而就在此同时，其"橄榄味"也就咀嚼出来了。

由此，我又想起丰子恺的一幅画，叫作《世上如侬有几人》。画题出自五代南唐李煜《渔父》词。理解此画，可以有不同的角度，其中，挪威汉学家克里斯托夫·哈布斯迈尔在他的著作《漫画家丰子恺——具有佛教色彩的社会现实主义》中评说："渔夫念念不忘的是鱼，他一直是在留心注意。他的全神贯注不会因其周围世界的琐碎事物而受干扰。这是一幅有关如何集中注意力的漫画。当然，丰子恺并不是想说钓鱼活动是一项不错的业余爱好，而是想借此表明处事要目标专一的人生态度。就其简朴的绘画风格而言，这是丰子恺最好的漫画之一。画中的钓鱼竿纹丝不动地垂入水面，正是这种风格特征的完美体现。"就丰子恺漫画的形式风格而论，"这是丰子恺最好的漫画之一"的评价实不为过，但就此画所体现的内容而言，我认为还应该在以上评论的基础上再补充一句：画中还表现了一种恬淡超脱的生活态度，此亦柳宗元所谓的"孤舟蓑笠翁，独钓寒江雪"。你有你的生活方式，我有我的处事态度……丰子恺十分期待自己的孙辈们也能建立起一种生活的态度。令人惊喜的是，本书居然特别安排了大量的篇幅来延伸"课儿"，如"外公的师友""艺术的逃难""西子湖畔旧事""画中有诗"和"日月楼中日月长"，这些看似杂谈式的或记述式的文章终究还是紧紧围绕丰子恺诗词教育，可谓广义的"课儿"。这就又让我想到丰子恺的一贯主张，即"读万卷书，行万里路"。这原本是丰子恺自己找求创作源泉的一种态度，但却可以挪用于丰子恺诗词教育的方式方法。这不仅极大丰富了本书内容，更重要的是传达出了本书作者对待诗词的学习态度，尤其是对丰子恺诗词教育的理解。

我知道宋菲君老师是一位科学家，但由于在多方面接受过丰子恺的影响，不仅是能作文，也能作画，更对丰子恺的艺术观和教育观有深入领悟。此乃一般人难以做到的。承蒙不弃，敦促为序。写上如上感想，仅供读者参考。

陈 星

2021年2月13日，于杭州

外公丰子恺特别重视子女的教育，亲自给孩子们上课，这个课程称"课儿"（teaching the kids），是丰家的"家塾"。在桐乡缘缘堂，在嘉兴金明寺弄，在抗战逃难路上，在富春江的船上，在桐庐、萍乡、长沙，在桂林泮塘岭，在贵州遵义浙大宿舍"星汉楼"，在重庆沙坪小屋，在杭州里西湖静江路85号，在上海陕西南路"日月楼"……"课儿"始终在进行。我是丰家的长外孙，曾长期生活在外公丰子恺身边，直到十八岁考上北京大学物理系到北京读书。我有幸亲历了外公家的"课儿"。

诗词是"课儿"的第一必修课。上中学时我每周去外婆家，外公先让我背上周学的古文诗词，再教新课。诗词一般每周教二十首左右，古文一篇，由外公亲授，取材很广，包括《诗经》《苏批孟子》《古文观止》《古诗十九首》《古唐诗合解》《白香词谱笺》等。从《古诗十九首》的"行行重行行"学到王勃《滕王阁序》的"落霞与孤鹜齐飞，秋水共长天一色"。

外公的教学非常有特色，常常是一面讲解，一面画示意图。讲到"六军不发无奈何，宛转蛾眉马前死"就画一位女子跪地，周围是持戟的武士；讲到"画图省识春风面，环佩空归夜月魂"，外公随手画了一位佩饰叮咚、飘然而至的女子。

外公又常常给我们讲诗人词客的逸闻轶事。例如讲到辛弃疾的《贺新郎》"易水萧萧西风冷，满座衣冠似雪"，就和我们议论荆轲刺秦王、燕太子丹和高渐离易水送别壮士；讲到"夜深满载月明归，划破琉璃千万丈"，就讲吴城小龙女的故事。

外公喜欢旅游，讲到苏曼殊的"春雨楼头尺八箫，何时归看浙江潮"，立刻决定全家去看钱塘江大潮；读完"二十四桥仍在，波心荡、冷月无声"，就去扬州寻梦。

外公家的文学氛围特别浓厚，饭前做的游戏是"猜诗句"（丰家的"飞花令"）"九里山前作战场"；除夕夜的大戏则是富有文学、地理、古迹情趣的"览胜图"；"蓝关"出自韩愈的"云横秦岭家何在，雪拥蓝关马不前"；"尾生桥"的典故是李白的《长干行》"长存抱柱信，岂上望夫台"；"金谷园"则引自杜牧的七绝《金谷园》"日暮东风怨啼鸟，落花犹似坠楼人"。

还有许多我童年时期的趣事，例如抓蟋蟀、猜谜语、唱京剧、看星星等，每个故事背后都有一首或几首诗词。

外公的一生与诗词结下了不解之缘，抗战时期他在遵义为浙大师生讲《艺术概论》时，将住宅命名为"星汉楼"，缘起孟昶的"起来琼户寂无声，时见疏星渡河汉"；四十年代住在杭州里西湖，"门对孤山放鹤亭"；解放后他在上海的住宅"日月楼"里贴的对联是杜甫的名句"香稻啄余鹦鹉粒，碧梧栖老凤凰枝"，还有国学大师马一浮书写的"星河界里星河转，日月楼中日月长"；当年我读高三时文理分科拿不定主意，去问外公时，他正在日月楼中端着茶杯踱步，吟诵着温庭筠的名句："谁解乘舟寻范蠡，五湖烟水独忘机。"外公曾经说过，当他离开人世之际，最舍不得放不下的就是诗词。在"丰子恺120年华诞"书画展会上，展出了外公历经三年写成的25米长的书法长卷，收集204首外公喜爱的诗词。在中国美术馆举行的开幕式上，我的二女儿宋莹芳组织了北京天使童声合唱团的小天使们，演唱了丰子恺先生的老师李叔同先生写的歌："故山隐约苍漫漫，呢喃，呢喃，不如归去归故山。"

这是一个典型的书香门第，我的母亲、舅舅和姨妈个个饱读诗书，留下了许多有趣的故事。这样的家庭，这样的文化传统，在现代社会中大约永远地消失了。

外公的漫画、散文和译作已经大量出版，但"课儿"背后的故事，只在小姨和母亲的书中偶有谈及。丰家第二代只有小姨还健在，但她年龄很大了。我觉得自己有义务把"课儿"的故事回忆出来、写下来，否则丰家和诗词及其背后的逸闻轶事都将永远地被淹没。

"人世几回伤往事"，往事虽已过去多年，幸而我的"长记忆"尚好。在北大中文系林嵩老师的鼓励下，我决定下功夫仔细回忆。就像当年高鹗、程伟元编写《红楼梦》后四十回那样，把久远的、碎片状的回忆"细加厘剔，截长补短，抄成全部"。但我和他们又不一样，高、程两人并不认识曹雪芹，《红楼梦》后四十回系根据鼓担上淘来的二十余卷残稿、前八十回曹雪芹所写的正文中的暗示以及脂砚斋的评语编撰而成。而本书中的所有故事都是我亲历的，或父母亲告诉我的。我只是把片断的回忆尽量串联起来，写成完整的故事。

诗词是我国古典文学的瑰宝，自古以来，诗词的读本很多，例如脍炙人口的《唐诗三百首》《唐宋名家词选》等，近代有更多诗词选集出版。这本书的写作风范是林老师建议的，每篇首都有一首诗词，由北大中文系李远达博士（现任北京大学医学人文学院讲师）和高树伟博士（古典文献学专业）评注，由我写正文，也就是上面所讲的故事。"子恺漫画"本来就有"画中有诗、诗中有画"的特色，本书插图都是外公的漫画和书法。也可以说，这是一本别具特色的诗词读本，由林老师取名《丰子恺家塾课——外公教我学诗词》。由于"课儿"在我出生以前就有了，为使这本书更加完备，又补写了抗战期间外公全家"艺术的逃难"。全书许多文字引自外公的文章，以及小姨、母亲的文章。外公是本书的第一作者。

本书的缘起，是外公和我的大姨、小姨撰写的《爸爸的画》一书（华东师范大学出版社）荣获了"第十一届文津图书奖"，2016年，在颁奖会上我碰到了编辑许静，应许静之邀，我有了写这本书的想法。李远达和高树伟对诗词作者、写作风格和文学、历史、政治背景进行了深入浅出、别具特色的评注，林老师做了全面细致的审查和修改，为成书做出重大贡献。许静、乔健二位编辑参与讨论写作风格、规范，恰当、高效地掌控了写作、编辑、排版的协同进度。这本书体现了北大和华东师大出版社合作的缘分。

2018年末国家天文台薛随建副台长和他的团队建议把发现于1998年的一颗小行星命名为"丰子恺星"，我也参与运作此事。2020年6月3日，国际小行星命名协会批准了"丰子恺星"，公告指出"丰子恺（1898—1975），中国近代著名的画家、文学家、艺术与音乐教育家，以其风格独特的漫画和散文广受欢迎。"发现这颗小行星的日子恰是外公100年华诞，媒体称"百年华诞之际丰子恺天人合一"。其实，外公自己也是天文爱好者，曾为我高一时和同学制作的天文望远镜作画并配诗："自制望远镜，天空望火星。仔细看清楚，他年去旅行。"外公和天文自有缘分，许多故事在本书中有所反映。去年中国制作的"天问一号"火星探测飞船发射，实现了外公多年前的夙愿，国家天文台邀请我作为特殊的嘉宾，在运控大厅实时观看了发射过程。正如《中国国家天文》杂志所说，这是"丰子恺跨越时空的'星'缘"。

最后，我们要感谢杭州师范大学弘一大师·丰子恺研究中心主任、资深教授陈星先生为本书作序。

宋菲君
2020年写于外公丰子恺逝世44周年

一

艺术的逃难

高阳台·渌江舟中作

〔近代〕丰子恺

千里故乡，六年华屋，匆匆一别俱休。黄发垂髫[1]，飘零常在中流。

渌江风物春来好[2]，有垂杨时拂行舟。惹离愁，碧水青山，错认杭州。

而今虽报空前捷，只江南佳丽，已变荒丘。春到西湖，应闻鬼哭啾啾。

河山自有重光日[3]，奈离魂欲返无由[4]。恨悠悠，誓扫匈奴，雪此冤仇。

....

注释

[1] 黄发：指年老，也代指老人。垂髫：代指小孩。

[2] 渌江：江名，在湖南醴陵附近。

[3] 重光：再放光明，光复。

[4] 离魂：指离家在外的旅人。无由：没有门径，没有办法。

....

评述

  这首词约作于 1938 年 3 月，日军登陆杭州湾，开始狂轰乱炸，作者举家逃难。途中乘舟渌江，回想往事，有恍如隔

世之感。故乡距此千里，住了六年的旧宅（指缘缘堂），在匆匆分别中都成了伤心过往。一起逃难的，有老人还有孩子。春天的渌江极其美丽，恍惚间让人错觉是在杭州了。虽然现在是捷报频传，只是这江南佳丽地，已在战争中变作荒丘。西湖的春天本应繁花似锦，而今大概只能听见啾啾鬼哭之声。山河自然会有光复的时候，回乡却没有那么容易。战争之残酷，羁旅之困顿，家国之恨，作者的忧愁幽思，都从笔端款款叙出。

辞缘缘堂

"缘缘堂"是外公花了六千大洋的稿费和卖画收入,在家乡桐乡石门湾建成的。高大、轩敞、明爽,具有深沉朴素之美。堂屋正中挂着国学大师马一浮先生写的堂额,外公的书斋里陈书数千册,挂着弘一法师写的"真观清净观广大智慧观,梵音海潮音胜彼世间音"的长联。"缘缘堂"也是外公的老师弘一法师赐名。

1927年外公虚龄30岁生日那天,弘一大师正在丰家做客。外公决定拜弘一大师为师,皈依三宝,做一名居士。外公请求弘一大师为他在上海永义里的校舍取个宅名。弘一大师叫外公在好几张小方纸上写上自己喜爱而又可以互相搭配的字,把小方纸团成小纸球,撒在释迦牟尼画像前的供桌上。先后拿两次阄,拆开来都是"缘"字,于是就将永义里的寓所命名为"缘缘堂"。后来家乡的房子也称"缘缘堂",外公的散文集也称为《缘缘堂随笔》。

春天,家乡小院里两株重瓣桃戴了满头的花,院内朱楼映粉墙,蔷薇衬着绿叶;夏天红了樱桃,绿了芭蕉。垂帘外时见参差人影,秋千架时闻笑语;秋天葡萄架果实累累,夜来明月照高楼,房栊里有人挑灯夜读,伴随着秋虫的合奏;冬天满屋太阳,炭炉上时闻普洱茶香。外公就在缘缘堂住了六年,其间创作了许多散文和漫画。外公还说过:"就算是秦始皇要拿阿房宫同我换,石季伦愿把金谷园和我对调,我绝不同意。"当年外公春秋常住在杭州的"行宫",冬夏回到缘缘堂。可惜这世外桃源般的日子被日军的侵略打破了。

1937年"八一三"事变,四位年长的子女(我的大舅、大姨、二姨和我母亲）都从杭州辍学回到家乡避难，上海的居民也纷纷到这里躲避战火。善良而无知的人们觉得这里离杭州很近，"杭州每年香火无数，西湖底里全是香灰！这佛地是决不会遭殃的"。

1937年9月15日是外公四十虚岁的生辰。这时松江已经失守，嘉兴已经被炸得不成样子。外公家还是做寿，糕桃寿面，陈列了两桌；远近亲朋，坐满了一堂。堂上高烧红烛，室内开设素筵，本来屋里应当充满了祥瑞之色和祝贺之意，但朋友的谈话却都是残酷的战争，当时上海南市已是一片火海，无数难民无家可归，聚立在民国路法租界紧闭的铁栅门边；在东门的铁路桥下，一个妇人抱着一个婴孩，躲在墙脚边喂奶，忽然车站附近落下一个炸弹。弹片飞来，恰好把那妇人的头削去。在削去后的一瞬间，这无头的妇人依旧抱着婴孩危坐着，并不倒下。这便是缘缘堂最后一次聚会。祝寿后不久，那些炸弹就猖獗投到石门湾。

11月5日，日本侵略军在杭州湾金山卫登陆，偷袭淞沪中国守军的侧翼，金山卫距离老家石门湾已经非常近。次日上午，外公正在根据蒋坚忍著的《日本帝国主义侵略中国史》绘制《漫画日本侵华史》，突然两架日军飞机飞来石门湾轰炸扫射，两颗炸弹落到这座不设防的小镇，百姓死伤无数。弹着点离缘缘堂很近，因为这是小镇上最高大的建筑。11月6日这天便是无辜的石门湾被宣告死刑的日子。古人叹人生之无常，夸张地说："朝为媚少年，夕暮成丑老。"石门湾在那一天，朝晨依旧是喧阗扰攘，安居乐业，晚快边忽然水流云散，阒寂无人。外公全家幸免于难。在《辞缘缘堂》一文中，外公表达了自己的决心："宁做流浪者，不当亡国奴。""身外之物又何足惜，我虽老弱，但只要不转乎沟壑，还可凭五寸不烂之笔来对抗暴敌……"

当天晚上全家匆匆收拾，于傍晚的细雨中匆匆辞别缘缘堂，登舟逃难。沿河但见家家闭户，处处锁门，可谓"朝为繁华街，夕暮成死市"。中船行如织，都是迁乡去的。此行大家以为是暂避，将来总有一日会回缘缘堂的。谁知其中只有四人再来取物一二次，其余的人都在这潇潇暮雨之中与缘缘堂永诀，开始流离的生活了。

作为艺术大师，外公平生不守钱。这晚上检点行物，发现走路最重要的东西都没有准备：除了几张用不得的公司银行存票外，家里所余的居然只有数十元现款，奈何奈何！六个孩子说："我们有。"他们把每年生日外公送的红纸包统统打开，凑得四百余元。不知从哪一年开始，外公每逢孩子生日，就送一个红纸包，上写"长命康乐"四个字，内封银数如其岁数。他们得了，照例不拆。不料今日一齐拆开，充作逃难之费！

临行前隔壁的邮局送来最后的一封信，是马一浮先生寄来的，他已由杭迁桐庐，劝外公到桐庐暂避战火。外公决定投奔马先生。外公全家十一口，雇了一只船，经过杭州，沿富春江溯江而上。"千里故乡，六年华屋，匆匆一别俱休，黄发垂髫，飘零常在中流。"（丰子恺《高阳台·渌江舟中作》）此去辗转流徙，曾歇足于桐庐、萍乡、长沙、桂林、宜山、都匀、湄潭，最后到达重庆。

母亲曾多次回忆逃难，她告诉我，四百元很快花完了。正在着急之时，坐在船边上的三女宁馨（我的二姨）在富春江水面上捡到一个红色的钱包，如获至宝，这才苦苦支撑到桐庐。

桃源行[1]

〔唐〕王　维

渔舟逐水爱山春，两岸桃花夹古津[2]。

坐看红树不知远[3]，行尽青溪不见人。

山口潜行始隈隩[4]，山开旷望旋平陆。

遥看一处攒云树[5]，近入千家散花竹[6]。

樵客初传汉姓名[7]，居人未改秦衣服。

居人共住武陵源[8]，还从物外起田园。

月明松下房栊静[9]，日出云中鸡犬喧。

惊闻俗客争来集[10]，竞引还家问都邑[11]。

平明间巷扫花开[12]，薄暮渔樵乘水入。

初因避地去人间，及至成仙遂不还。

峡里谁知有人事，世中遥望空云山。

不疑灵境难闻见[13]，尘心未尽思乡县。

出洞无论隔山水，辞家终拟长游衍[14]。

自谓经过旧不迷，安知峰壑今来变。

当时只记入山深，青溪几度到云林。

春来遍是桃花水，不辨仙源何处寻。

··

注释

[1] 桃源：指陶渊明《桃花源记》中所描绘的桃花源胜境。

[2] 古津：古渡口。

[3] 坐：因为。

[4] 隈隩（yù）：山、水弯曲之处。旷望：指视野开阔。

〔5〕攒云树：云树相连。

〔6〕散花竹：鲜花和竹林到处皆是。

〔7〕"樵客"句：指打柴的樵夫口中呼唤的仍是汉代的名姓。

〔8〕武陵源：指桃花源，在今湖南桃源县，晋代属武陵郡。

〔9〕房栊：窗户。

〔10〕俗客：指误入的渔人。

〔11〕都邑：指桃源人原来的家乡。

〔12〕平明：天刚亮。闾巷：街巷。

〔13〕灵境：仙境，指桃花源。

〔14〕游衍：流连忘返。

评述

　　自从陶渊明写出《桃花源记》，中国的读书人便找到了理想境界的最佳图景。唐宋以来的诗人，创作了大量的"桃花源诗"，王维这首《桃源行》最受推重。清朝的王士祯一语道破个中原因：王维的《桃源行》"多少自在"。描绘理想家园的诗歌充满了"自在"，确实是王维高明之处。写这首诗之时，王维只是一位十九岁的少年。王维善画，因而开篇便呈现出一番鲜妍明丽、灵动非凡的景况：春山叠翠，近水花红，青溪红树，扁舟一叶悠悠前行。中间段落紧扣桃花源人对贸然闯入者渔人的关注来结构篇章，层层揭开桃花源的谜团。到了最后八句，与《桃花源记》处理有很大不同，紧扣渔人心理，描写他离开桃源后想念，复去寻找，已迷失所在的怅然若失。全诗结束于一片浩渺凄迷的桃花春水之中，似乎也预示着士人所追寻的理想桃花源在现实世界里永远也不可能实现。

| 外公曾打算去桃花源避难 |

日本著名汉学家吉川幸次郎说：

> 我觉得，作者丰子恺，是现代中国最像艺术家的艺
> 术家，这并不是因为他多才多艺，会弹钢琴，作漫画，
> 写随笔的缘故。我所喜欢的，乃是他的像艺术家的真率，
> 对于万物的丰富的爱，和他的气品、气骨。如果在现代
> 要想找陶渊明、王维那样的人物，那么，就是他了吧。
> 他在庞杂诈伪的海派文人之中，有鹤立鸡群之感。[1]

陶渊明的《桃花源记》是外公最喜欢的文章，他也非常
赞赏陶渊明晚年弃官归隐，寄情山水，向往、寻求现实世间
的桃花源。但外公又是一位热爱生活、热爱艺术、热爱孩子，
生活在现实世间的艺术大师，他在《暂时脱离人世》一文中
说过："陶渊明的《桃花源记》，大家知道是虚幻的，是乌托
邦，但是大家喜欢一读，就为了他能使人暂时脱离尘世。"

外公在1941年写的《艺术的效果》一文中说[2]：

> 我们平日的生活，都受环境的拘束。所以我们的
> 心不得自由舒展。我们对付人事，要谨慎小心，辨别
> 是非，打算得失。我们的心境，大部分的时间是戒严

---

[1] 丰一吟：《父亲的作品含有人间情味》，见《名家翰墨》，第134页，
香港翰墨轩出版有限公司，2008。
[2] 丰子恺：《暂时脱离人世》，见《丰子恺全集》（文学卷三），第104页，
海豚出版社，2016。

的。惟有学习艺术的时候，心境可以解严，把自己的意见、希望与理想自由地发表出来。这时候，我们享受一种快慰，可以调济平时生活的苦闷。……于是在文学中描写丰足之乐，使人看了共爱，共勉，共图这幸福的实现。古来无数描写田家乐的诗便是其例。又如我们的世间常有战争的苦患。我们想劝世间的人不要互相侵犯，大家安居乐业，而事实上不能做到。于是我们就在文学中描写理想的幸福的社会生活，使人看了共爱，共勉，共图这种幸福的实现。陶渊明的《桃花源记》，便是一例。我们读到"豁然开朗。土地平旷，屋舍俨然。有良田美池桑竹之属。阡陌交通，鸡犬相闻。……黄发垂髫，并怡然自乐"等文句，心中非常欢喜，仿佛自己做了渔人或者桃花源中的一个住民一样。我们还可在这等文句外，想象出其他的自由幸福的生活来，以发挥我们的理想。

外公在抗战初期还写过一篇故事《赤心国》，描述抗战时一位军官误入一处世外桃源，中央是一片半圆形的平原，三面是崇山峻岭，一面是茫茫大海。世间的人永不知道有这地方。这里很有些像桃源洞，真是所谓"峡里谁知有人事，世中遥望空云山"。可是这位军官终不免"不疑灵境难闻见，尘心未尽思乡县"，终于又回到尘世之中。

外公不但欣赏陶渊明的《桃花源记》，还常常给我们讲王维的《桃源行》，常常在日月楼一边喝茶踱步，一边吟诵"当时只记入山深，青溪几度到云林。春来遍是桃花水，不辨仙源何处寻"。

记得外公还教过我们好几首有关桃花源的诗：

隐隐飞桥隔野烟，石矶西畔问渔船。桃花尽日随流水，
洞在清溪何处边。（张旭《桃花溪》）
露暗烟浓草色新，一翻流水满溪春。可怜渔父重来访，
只见桃花不见人。（李白《桃源》）

外公特别欣赏韩子苍的诗句："明日一杯愁送春，后日
一杯愁送君。君应万里随春去，若到桃源记归路。"

但有一次外公真正动了念头，想去"桃花源"。"淞沪会
战"后期，日军在杭州湾登陆，在登陆第二天，两架日军飞
机轰炸扫射了外公的老家石门湾，缘缘堂险些被炸。外公在
匆忙之间率全家老幼十一口告别故乡，走上了逃难之路。逃
到哪里去？外公曾想过丰家的老家汤溪。

当时外公全家有老幼十一口，又随伴乡亲四人，一旦被迫
脱离故居，茫茫人世，不知投奔哪里是好。曾经打主意：回老
家去。外公的老家是浙江汤溪，与金华相近，离石门湾约三四百
里。明末清初，外公家这一支从汤溪迁居石门湾（今桐乡市崇
福镇）。三百余年之后，几乎忘记了自己的源流。外公说他曾在
东京遇见汤溪丰惠恩族兄，相与考察族谱，方才确知老家是汤
溪。据说在汤溪有丰姓数百家，自成一村，皆业农。外公初闻此
消息，即想象这汤溪丰村是桃花源一样的去处，其中定有良田
美池，桑竹之属，以及黄发垂髫怡然自乐的情景，但一向没有机
会问津。到了石门湾不可复留的时候，外公心中便起了出尘之
念，想率妻子邑人投奔此绝境，不复出焉。但终于不敢遽行。后
来外公全家历经兰溪、萍乡、长沙、桂林、遵义湄潭，最后到重
庆。抗战胜利后又复员回到江浙、上海。1949年后外公曾到金华
访问，但未去汤溪。一直到近年，小姨丰一吟才和汤溪丰家联
系，在那里建立了"丰子恺小学"，开展纪念丰子恺先生的活动。

别董大二首[1]

〔唐〕高　适

千里黄云白日曛[2]，北风吹雁雪纷纷。
莫愁前路无知己，天下谁人不识君。

六翮飘飖私自怜[3]，一离京洛十餘年[4]。
丈夫贫贱应未足，今日相逢无酒钱。

注释

［1］董大：唐朝开元天宝年间著名音乐家董庭兰，在兄弟
中排名第一，故称"董大"，是高适的好友。

［2］曛：昏暗。

［3］六翮：指鸟的双翼。翮（hé），禽鸟羽毛中间的硬管，
代指鸟翼。飘飖（yáo）：飘动。六翮飘飖，比喻四处
奔波而无结果。

［4］京洛：原指洛阳，后代称都城。

评述

　　高适（704—765），字达夫，是唐代著名边塞诗人，这
两首《别董大》写在天宝六载（741）。这一年吏部尚书房琯
被贬出朝，门客董庭兰也随之离开长安。高适与董庭兰相会

于睢阳，写了这两首《别董大》以示送别。天宝年间盛行胡乐，当时能欣赏董庭兰七弦琴的人并不多，离开长安的董庭兰自然是十分落寞的。高适从三十二岁应试落第之后，就一直四处游荡，郁郁不得志，两个失意的伤心人相遇，难免惺惺相惜，生出许多自怜自叹的情绪。不过，高适心胸豁达，气度和抱负远非常人所能及。他劝慰友人，送别的时节虽在冬日，千里黄云，前路黯淡，北风席卷着大雪和归雁，一派肃杀气象，但是不要担心前路没有知己，天底下谁不知道你啊！第二首诗歌在旧友重逢之际回顾十余年的飘零生涯，今日相逢囊中羞涩，连酒钱都成了问题，你我这样大丈夫，虽身处"贫贱"，又怎能改变自己的雄心呢？高适这两首赠别之作，语句爽直简单，直抒胸臆，但其精神气质却是昂扬向上的，勉励友人，也是告诫自己，不可因一时沉沦下僚而失去了斗志，不可因沦落失意而自暴自弃。正是知音才能发出如此肺腑之言，在粗豪的诗风里寄寓着温情。

| 《桐庐负暄》与兰溪奇遇 |

外公在《桐庐负暄》一文中曾描述全家逃难初期的历程。他们从桐乡逃到杭州,又雇了一只船,沿风光秀丽的富春江溯江而上。只看见:

一折青山一扇屏,一湾碧水一条琴。无声诗与有声画,须在桐庐江上寻。

（刘嗣绾《自钱塘至木舟中杂诗》）

潇洒桐庐县,寒江缭一湾。朱楼隔绿柳,白塔映青山。

（杨万里《舟过桐庐三首·其一》）

但外公他们无心欣赏富春江的美景,一心去投奔外公的朋友、国学大师马一浮先生。到桐庐后全家没有住所,偶遇一位拜访马先生的朋友童鑫森,以前他曾通过关系向外公要过一幅画,听说外公的困境,即通过他的一位当小学校长的朋友、盛梅亭的叔叔把三开间的楼房借给外公全家住下,还不肯收房租。他说:"要不是打仗,如何请到丰子恺先生来住。"

后来听说桐庐也要沦陷,战事吃紧。二十年代外公在上虞春晖中学的同事刘叔琴来信邀请外公全家去长沙。"悲莫悲兮生离别",外公辞别马一浮先生赴兰溪时,鬓边平添了不少白发。

1937年冬季,外公带着一家人沿富春江到兰溪,而后到萍乡。这一路上,外公都不敢用真名,而用别名"丰润"在旅馆登记,直到在兰溪遇见了老同学曹聚仁。曹聚仁是战地记者，兰溪是他的家乡。当时他身着军装，握笔从戎，报道各地抗战的消息。曹先生对外公怕暴露身份的做法不赞同，他说："天下何人不识君。为了得到各方协助，一定要把'丰子恺'三个字打出去！"他特地加急为外公印了名片。这一改变，立刻奏效。存在中国银行的二百元不用保人，只凭"丰子恺"三字就取出来了。

外公一见曹聚仁如获至宝，立刻探问他前途的情况。他断然地告诉外公："你们要到长沙，汉口，不能！我们单身军人，可搭军用车的，尚且不容易去，何况你带了老幼十余人！你去了一定半途折回。"外公说："天下尚未宁，健儿胜腐儒。"但最后一定是"仁者无敌"。决心流徙远方，以长沙为目的地。外公还写了一首打油诗：

> 兰溪曹聚仁，浑身穿军装。
> 请客聚丰园，忠告两三声。
> 你们到长沙，想也不要想。
> 三个勿相信，偏生犟一犟。
> ……
> 人说行路难，我看也平常。

从上饶，过鄱阳湖、南昌到宜春，弃舟登车。因没有客车，只得攀上货车，到萍乡已是半夜，车站人员要求从南昌开始补票，家人与之争执。站长出来了，彼此通了姓名。看到外公的名片，站长非但不要补票，还代为订旅馆。他还通知了立达的学生萧而化夫妻："丰子恺来了！"萧家是萍乡望族，一听喜出望外，热情挽留外公全家在萍乡过年。于是，外公全家度过了逃难途中的第一个春节。当地乡亲争相邀请画家丰子恺去家里"吃年茶",这才是"天下无人不识君"。"艺术的逃难"还只是开始。

陆甫里诗

〔唐〕陆甫里[1]

万峰回绕一峰深，到此常修苦行心[2]。
自扫雪中归鹿迹，天明恐有猎人寻。

竹　枝

〔五代〕孙光宪[3]

门前春水白苹花[4]，岸上无人小艇斜。
商女经过江欲暮，散抛残食饲神鸦[5]。

....

注释

[1]　陆甫里：唐代诗人。

[2]　苦行心：苦行，佛教、印度教等宗教通过清苦的生活
　　　来减少烦恼、欲望的一种修行。

[3]　孙光宪：五代北宋词人。著有《北梦琐言》等书。

[4]　白苹花：水中浮草，花白色。

[5]　神鸦：在庙里吃祭品的乌鸦。

....

评述

　　　　陆甫里的诗歌出现在丰子恺先生《护生画册》中，寓

意十分明显：苦行的隐居者躲到万峰环绕的深山之中，尽管远离尘世，他仍然护生心切。每当雪后，天不亮他便扫除雪中野鹿留下的踪迹，以防白天被猎人追踪。这首诗与第二首孙光宪的《竹枝词》表面上看毫无关联，实际上同样表达着隐士和商女，也就是人人皆可有所作为的"护生"主题。商女不知亡国恨，是晚唐以来传唱的经典意象，孙光宪反用其意。从商女的小船经过，抛撒残食喂养庙前神鸦的细节向人们表达：即使社会底层的卖唱女也懂得爱护众生的朴素道理。

| "一饭结怨" |

外公与曹聚仁是当时在国内颇负盛名的浙江省立第一师范学校的同学，外公比曹聚仁早入校两年，他们同出于李叔同（即后来出家的弘一大师）门下。老同学在非常时期相逢格外高兴，曹聚仁请外公在聚丰园吃饭，外公和年长的儿女都参加了。

可谁也想不到，这一餐饭居然吃出了问题。这是他们当时饭间的一番话引起的。据外公回忆，在席间，曹聚仁忽然问："你的孩子中有几人喜欢艺术？"丰子恺带着遗憾回答："一个也没有！"曹聚仁当时便断然叫道："很好！"

外公当时想不通不欢喜艺术"很好"的道理。后来有人告诉外公："曹聚仁说你的《护生画集》可以烧毁了！"

这次不愉快的饭局，缘起艺术，更因为《护生画集》。《护生画集》是1927年由弘一法师创导，并与外公共同筹划推动的一套图文并茂的画集。当时弘一法师的原意，自然是弘扬佛法、戒杀放生、种植善根。第一集由弘一法师作文、由外公作画，纪念法师五十周年生日。1929年第一集正式出版时请马一浮先生作序。序言中有一段重要的话："故知生，则知画矣；知画则知生矣；知护心则知护生矣。"[①]相比于佛教的"戒杀放生"，由马一浮先生撰写的序言中更表达出"护生"不是目的，只是方法、手段和途径，更高一层的目的是"护心"，即道德品格的完善。爱护禽兽鱼虫只是手段，

---

① 陈星：《新月如水——丰子恺师友交往实录》，第44页，中华书局，2006。

创导仁爱和平，实现人和世间万物的和谐相处才是目的。外公在《桂林艺术讲话之一》《佛无灵》和《一饭之恩》等文章中曾说过，那是一种超越了"恩及禽兽"的伟大世界观："我曾作《护生画集》，劝人戒杀。但我的护生之旨是护心，仁者的护生，不是护物的本身，是护人自己的心……护生的本源，便是护心。"外公还曾强调，读《护生画集》，须体会其"理"，不可执着其"事"。

听到曹聚仁关于《护生画集》的激烈评述，外公吃惊之下，联想颇多。《护生画集》可以烧毁了！这就是说现在"不要护生"的意思。这思想外公大不以为然。外公认为，绘制《护生画集》的初衷和根本，在于"护生"就是"护心"。爱护生灵，劝诫残杀，可以涵养人心的"仁爱"，可以诱致世界的"和平"。

外公说，敌寇侵略我国，违背人道，荼毒生灵，所以要"杀"。故我们是为公理而抗战，为正义而抗战，为人道而抗战，为和平而抗战。我们是"以杀止杀"，不是鼓励杀生。我们是为护生而抗战。

现在的确在鼓励"杀敌"。这么惨无人道的狗彘豺狼一般的侵略者，非"杀"不可。我国开出许多军队，带了许多军火，到前线去，为的是要"杀敌"。但是，这件事须得再深思一下：我们为什么要"杀敌"？因为敌不讲公道。

外公是抗战期间散文创作有成就的作家。他在这一时期写的散文，和他的漫画集《战时相》一样，具有明显的战斗性，具有无法抑制的激昂、强烈的爱国主义情怀。当他得知缘缘堂毁于日寇的战火，曾说："房屋被毁了，在我反觉轻快，此犹破釜沉舟，断绝后路，才能一心向前，勇猛精进。"

《护生画集》一集一集地出版，其宗旨已经变化、升华。但作为战地记者的曹聚仁，显然更加看重对于抗战的正面报道和对于侵略者的直接批判。本来，丰子恺、曹聚仁的手段不尽相同，应当是殊途同归，最终目的是一致的。就这样因为一餐饭，其实是对抗战理念上的差异，对护生画的理解的差异，以及造成冲突及误会[①]。曹聚仁与丰子恺便再未续朋友之谊，有意无意，数十年间并不碰面。先后同学、文人学者，结下不应有的"怨"，这大约是双方万难逆料的结果，文学界对此亦有不少评述[②]。

曹聚仁后来久居香港，曾任新加坡《南洋商报》驻港特派记者。上世纪50年代后期，主办《循环日报》《正午报》等报纸。曾多次回内地，为促进祖国统一事业奔走。

曹聚仁的女儿曹雷是复兴中学学生，比我高一级，在学校就演话剧、演电影，后来成了上海电影译制片厂的著名配音演员。

---

① 朱晓江：《丰子恺〈护生画集〉儒家艺术思想辩说》，《浙江社会科学》杂志，2006年第5期，第184页。

② 杨晓文：《丰子恺与曹聚仁之争》，见《论丰子恺——2005年丰子恺研究国际学术会议论文集》，第7页，香港天马出版有限公司，2005。

避寇中作

〔近代〕丰子恺

昨夜春风上旅楼^[1]，飘然吹梦到杭州。
湖光山色迎人笑，柳舞花飞伴客游。
楼阁玲珑歌舞地，笙歌宛转太平讴^[2]。
平明角鼓催人醒^[3]，行物萧条一楚囚^[4]。

注释

[1] 旅楼：旅舍、旅店。
[2] 太平讴：颂扬太平的歌声。
[3] 角鼓：泛指清晨报时之声。
[4] 楚囚：楚人钟仪被晋俘虏，称为"楚囚"。后指被囚禁或处境窘迫之人，典出《左传·成公九年》。

评述

　　日寇侵华，战火烧到宁静的石门湾。丰子恺先生被迫携带家小走上了内迁避乱之路。在江西萍乡，丰家老小停留了二十余天。虽是春天，然而连日阴雨，更增添了本就忧国忧民的丰子恺的愁闷。这首诗正是写在这样的心境之下。诗歌颔联和颈联借用著名的"暖风熏得游人醉，直把杭州作汴州"的诗句，丰先生却反用其意，赞许梦境中的杭州湖光山

26

色，歌舞升平。尾联却笔锋一转，黎明的鼓角声惊醒了诗人的梦境。醒来四壁萧然，诗人还是一位流离失所的南冠楚囚，即将继续迁徙而不知奔向何方。诗歌尾联在怅然若失之中裹挟着国仇家恨，深得杜甫夔州诗之风神。

| 还我缘缘堂 |

　　外公一家在萍乡暇鸭塘萧祠住了二十多天。这里四面是田，田外是山，人迹罕至，静寂如太古。加之二十多天以来，天天阴雨，房间里四壁空虚，行物萧条，外公与子女相对枯坐，不啻囚徒。

　　我的母亲林先（后易名丰宛音）当时才十六岁，性最爱美，关心衣饰，闲坐时举起破碎的棉衣袖来给外公看："爸爸，我的棉袍破得这么样了！我想换一件骆驼绒袍子。可是它在东战场的家里——缘缘堂楼上的朝外橱里——不知什么时候可以去拿得来。我们真苦，每人只有身上的一套衣裳！可恶的日本鬼子！"外公被她引起很深的同情，心中一番惆怅，继之以一番愤懑。我母亲那夜睡在外公对面的床上，梦中笑了醒来。外公问她有什么欢喜。她说她梦中回缘缘堂，看见堂中一切如旧，"小皮箱里的明星照片一张也不少"。（原来我母亲也是"追星族"！）欢喜之余，不觉笑了醒来。那天晨间外公代她作了一首感伤的小诗《七律·避寇萍乡代女儿作》[①]：

　　　　儿家原住古钱塘，也有朱栏映粉墙。三五良宵团聚乐，春秋佳日嬉游忙。

　　　　清平未识流离苦，生小偏遭破国殃。昨夜客窗春梦好，

---

① 丰陈宝、丰一吟编：《丰子恺文集》（文学卷三），第739页，浙江文艺出版社，浙江教育出版社，1992。

不知身在水萍乡。

2月9日，陪外公全家逃难的章桂从萍乡城里拿邮信回来，递给外公一张明信片，严肃地说："新房子烧掉了！"看那明信片是二月四日上海裘梦痕先生寄发的，有一段说："一月初，上海新闻报载石门湾缘缘堂已全部焚毁。""丰子恺全家生死不明。"外公说："此信传到，全家十人和三个同逃难来的亲戚，有的可惜橱里的许多衣服，有的可惜堂上新置的桌凳。"一个女孩子说，大风琴和打字机最舍不得。一个男孩子说，秋千架和新买的金鸡牌脚踏车最肉痛。外婆独挂念她房中的一箱垫锡器和一箱垫瓷器，说："早知如此，悔不预先在秋千架旁的空地上掘一个地洞埋藏了，将来还可以发掘。"

黄昏酒醒，灯孤人静，外公躺在床上时，也不免想念起石门湾的缘缘堂来。现在这所房屋已经付之一炬，从此与全家永诀了！外公说：

> 我离家后一日在途中闻知石门湾失守，早把缘缘堂置之度外，随后陆续听到这地方四得四失，便想象它已变成一片焦土，正怀念着许多亲戚朋友的安危存亡，更无余暇去怜惜自己的房屋了。况且，沿途看报某处阵亡数千人，某处被敌虐杀数百人，像我们全家逃出战区，比较起他们来已是万幸，身外之物又何足惜！

> 我虽老弱，但只要不转乎沟壑，还可凭五寸不烂之笔来对抗暴敌，我的前途尚有希望，我决不为房屋被焚而伤心，不但如此，房屋被焚了，在我反觉轻快，此犹破釜沉舟，断绝后路，才能一心向前，勇猛

精进。……在最后胜利之日，我定要日本还我缘缘堂来！东战场，西战场，北战场，无数同胞因暴敌侵略所受的损失，大家先估计一下，将来我们一起同他算帐！ ①

———————————

① 丰子恺：《还我缘缘堂》。

满庭芳·汉上繁华

〔南宋〕徐君宝妻

汉上繁华[1]，江南人物，尚遗宣政风流[2]。绿窗朱户，十里烂银钩[3]。一旦刀兵齐举[4]，旌旗拥、百万貔貅[5]。长驱入，歌楼舞榭，风卷落花愁。

清平三百载[6]，典章文物[7]，扫地俱休。幸此身未北，犹客南州。破鉴徐郎何在[8]？空惆怅、相见无由。从今后，断魂千里，夜夜岳阳楼。

···

注释

[1] 汉上：南宋时指江汉一带。

[2] 宣政：北宋政和到宣和年间（1111—1125）。

[3] 烂银钩：光烂的银制帘钩，指代华屋美居。

[4] 刀兵齐举：刀兵，泛指兵器。言元兵入侵南宋事。

[5] 貔貅（pí xiū）：传说中的猛兽，后比喻勇猛的战士。

[6] 清平三百载：自宋太祖赵匡胤建隆元年至恭帝德祐二年，凡三百余年。

[7] 典章文物：指法令、礼乐、制度等。

[8] 破鉴：此处用徐德言与妻子破镜重圆典。南朝陈太子舍人徐德言与妻子乐昌公主担心国家败亡以后不能相保，就将一面镜子破成两半，一人拿着一半，约定将来

某年的正月十五日在都市中卖破镜，希望两人能够相见。陈国灭亡以后，公主就到了越国公杨素家。徐德言如约到了京城，见有卖半块镜子的人，拿出自己的一半镜子与它合上。徐德言题了一首诗："镜与人俱去，镜归人不归。无复嫦娥影，空留明月辉。"公主读到这首诗后，悲痛哭泣吃不下饭。杨素知道以后，马上把徐德言召来，把公主还给他，二人回到江南，相伴终老。

评述

徐君宝妻，宋末岳州（今湖南岳阳）人。南宋亡国之际，徐君宝的妻子同被掳至杭州。因其相貌姣好，主者不忍将其杀掉，强其顺从。徐君宝妻子施巧计，谎称先祭先夫然后相从，最后投池自尽。死前题《满庭芳》于壁上，流传千古。1962年，丰子恺先生曾将此词写寄其子丰元草，词末撮述元人陶宗仪编撰的《南村辍耕录》所记徐君宝妻事云"徐君宝妻，岳州人，被掠至杭州，其主者数欲犯之，辄以计脱。主者强焉，告曰俟祭先夫，然后为君夫。主者诺，乃焚香再拜，题词壁上，投池中死"，亦褒其忠烈也。古代女子，命运多归于悲戚。尤其战乱之时，极富文采的女子，伤时忧国，感怀世事，以文字抒发内心郁结，作品传于后世。像徐君宝的妻子，如果不是题于壁上的这首《满庭芳》，又有陶宗仪从老人那里听闻此事，写进《辍耕录》，后来的人大概不会知道那时还有这样一个真实凄美的故事。尽管不知道这位女子的名姓，但我们可以从有幸传下来的这首词中，感怀曾经的悲壮。该词上阕回忆往昔繁华，由一句"一旦刀兵并举"陡转急下，回到战乱中的现实。空对着，河山万里，满目疮痍。又联想及徐德言与妻子破镜重圆事，作者忧愁郁结，惆怅伤怀。面对逼迫，一个弱女子，只能以死了之。该词末句，作者悲痛已极：从今而后，我可能再也见不到你了。只愿死后，魂灵在每个夜晚都可以返回故土。明人叶绍袁感其事，以"泣贞魂于冷月，凄玉骨于荒烟"作评。

| 断魂千里，夜夜岳阳楼 |

1938年，外公一家离开萍乡后，先到长沙，六月份到达桂林，在桂林师范学校任教，外公的《教师日记》就是在桂林期间写的。从日记上看，外公在桂林师范学校不仅教美术，也给学生们讲授古诗词，他在1939年1月18日的《教师日记》中写道：

> 授高师学生徐君宝妻所作《满庭芳》，讲授时颇感动，此词似为今日中国描写，使人读之有切身之感。学生中亦有动容者。

徐君宝妻是宋末岳州（今湖南岳阳）人。南宋亡国之际，徐君宝的妻子被掳至杭州。因她相貌姣好，掳她的蒙古军官强其顺从。徐君宝的妻子只得谎称必须先祭先夫，然后才能相从，最后投池自尽。临死时，题《满庭芳》于壁上，流传千古。

外公对徐君宝妻非常推崇。这首《满庭芳》后来他也多次教给儿孙。他在《谈抗战歌曲》一文中回忆历史上抗敌的诗词，第一首是岳飞的《满江红》，第二首就是徐君宝妻的这首《满庭芳》。外公说："此词虽是一女子的委婉的叙述，但读起来一步紧一步，终于令人悲愤填胸，怒发冲冠。此次日寇的暴行之下，我民族的悲壮行为，类乎此者极多。在文学中一定有了动人的描写。但在歌曲中我没有见过。倘得选出或作出这类的歌词来，谱之以曲，流传民间，其声音一定可以动天地泣鬼神。"

当年有无数青年上前线，其中有不少女学生，做护士，当报务员，甚至和男人一样拿起武器杀敌，中国远征军两次出征缅甸，有许多女青年参军任护士、报务员等。据报道，杜聿明将军在第一次远征军失利后率军通过原始森林"野人山"回国，许多女医生女护士在路上捐躯，只有一名女护士走出野人山。

望江南·避难

〔近代〕丰子恺

逃难也，逃到桂林西。独秀峰前谈艺术，七星岩下躲飞机。何日更东归。（在桂林也）

闻警报，逃到酒楼中。击落敌机三十架，花雕美酒饮千盅。谈话有威风。（在汉口也）

逃难也，万事不周全。袍子脱来权作枕，洋火用后当牙签。剩有半枝烟。（在浙江舟中也）

空袭也，炸弹向谁投。怀里娇儿犹索乳，眼前慈母已无头。血乳相和流[1]。

逃难也，行路最艰难。粽子心中藏法币[2]，棉鞋底里填存单。度日如经年。（在江西舟中也）

防空也，日夜暗惊魂。明月清风非美景，倾盆大雨是良辰。苦煞战时民。

注释

[1] "怀里娇儿犹索乳"二句：见本书《辞缘缘堂》一文。

[2] 法币：1935—1948年间国民政府发行的纸币。为了应对战争，国民政府采取通货膨胀政策。由于法币不断贬值，1948年8月，又发行"金圆券"，以一比三百万比率兑换法币，但金圆券贬值速度较法币更为迅速。

评述

　　《望江南》，本来是唐代教坊曲名，后成为词牌，其别名很多，又称《忆江南》《梦江南》《江南好》等。从这些别名可以看出，白居易的《忆江南》是最富盛名的，"江南好，风景旧曾谙。日出江花红胜火，春来江水绿如蓝。能不忆江南"。可能由于这首《忆江南》的影响太大，这一词牌后来的题材便以回忆某一地生活的居多。《望江南》只有二十七字，三平韵，格律不复杂，但要用到三字句、五字句、七字句，中间又要有两句对偶的，很适合初学填词的人用做练习。丰子恺先生便经常用《望江南》词牌填词。这首《望江南·避难》回忆了逃难沿途中的生活，用词明白如话，中间两句仍按格律大体对仗，不仅内容与形式贴合，且洋溢着苦中作乐的精神。

| 艺术的逃难 |

1938年底，外公应浙江大学校长竺可桢之约担任该校的艺术指导，教授"艺术教育"和"艺术欣赏"课程。听我父亲说，丰子恺讲课时，课堂内外、走廊上都挤满学生和"听众"。

1939年，日军在北部湾登陆，威胁南宁、桂林，浙江大学决定迁到贵州湄潭，学生、教师扶老携幼，经过崎岖的"黔道"，向贵州逃去。外公让大的孩子自己去找车子，自己带着老幼共七人另想办法，大家约好目的地为都匀。外公曾在《艺术的逃难》一文中详细、生动地描述了这次逃难的历程。

外公他们到了河池就怎么也挤不上车子。河池地方很繁盛，旅馆也很漂亮。老板是读书人，知道外公的大名，安慰说："我家在山中，可请先生同去避乱，若得先生写些书画，给我子孙代代保藏，我便受赐不浅了。"次日，老板拿出一副大红闪金对联纸来，说："老父今年七十，蛰居山中，做儿子的不能奉觞上寿。"他请外公写一副对联，聊表他做儿子的寸草之心，"可使蓬荜生辉"。

墨早磨好，浓淡恰到好处，外公提笔写就。但那闪金纸是不吸水的，墨水堆积，历久不干。门外太阳光做金黄色。管账提议，抬出门外去晒，由他坐着看管。外公写字时，暂时忘了逃难。此时又带了一颗沉重的心，上楼去休息。岂知一线生机，就在这里发现。

老板上楼来说："有一位赵先生来见。"这时一位穿皮上衣的男子已经走上楼来，握住外公的手，连称："久仰！难得！"他是此地加油站的站长，适才路过旅馆，看见门口晒着红对子，是外公写的，而墨迹未干，料想外公一定住在旅馆里，便来访问。外公向他诉说了来由和苦衷，他慷慨地说："先生运道太好，明天正好有一辆运油的车子开都匀，如今我让先生先走，途中只说是我眷属是了。"

这天晚上，赵君拿出一卷纸来，要外公作画。为了交换一辆汽车，外公不得不在昏昏灯火之下，用恶劣的纸笔作画，这在艺术上是一件最苦痛、最不合理的事。但外公当晚勉力执行了。次日一早，赵君来送行，下午外公老幼五人（外公老姐及另一男孩已搭浙大学生的车先行一步）及行李十二件，安全到达目的地都匀，老姐及年长的儿女都先到了。全家十一人，离散十六天后，在安全地带团聚。正是：人生难逢笑口开，茅台须饮两千杯！这晚上十一人在中华饭店聚餐，外公饮茅台大醉。

比外公早到的浙大同事张其昀先生见了外公，幽默地说："丰先生，听说你这次逃难很是'艺术的'？"

张其昀先生是著名的地理学家、历史学家，曾在浙江大学、美国哈佛大学任教。

多年后我和妻子王丽君到台湾旅游，台湾中华映管公司的技术总监、我的朋友梁建铮请我们吃饭，席间谈起这段"艺术的逃难"，梁先生说，国共内战后期，国民党溃败，张其昀劝蒋介石趁早经营台湾，留一条唯一的后路。1949年张其昀随蒋到台湾。

寄阿先并示慕法菲君

〔近代〕丰子恺

梦里犹闻祖母香，儿时欢笑忆钱塘[1]。

幸逃虎口离乡国，淡扫蛾眉嫁宋郎。

却忆弄璋逢战乱[2]，欣看画荻效贤良[3]。

玉儿才貌真如玉，儒雅风流世有双。

··

注释

[1] 钱塘：指杭州，这里泛指作者家乡桐庐一带。

[2] 弄璋：指生男孩，这里是丰子恺祝贺女儿生子宋菲君。

[3] 画荻：欧阳修幼年丧父，家境贫寒。母亲用荻管画地
写字，教其读书。后世用来赞扬母教。

··

评述

丰子恺先生是一位兴趣广泛的画坛宗师，他的家庭生
活也充满着慈祥温暖的气氛，即使在西迁的乱离之时也不例
外。这首诗作于1945年，"阿先"，即作者之次女林先，今
名宛音。慕法，即宋慕法，林先之夫。菲君，是他们的长
子，当时四岁。那时丰子恺先生在重庆任教，而宋慕法、丰
林先、宋菲君一家三口仍留在遵义。丰先生在这封家书性质
的信中表达了对女儿婚后幸福生活的欣喜与祝福：他回忆了

女儿小时在钱塘的祖母的宠爱下愉快成长。逃难途中，虽然远离乡梓，却有幸与同样逃难的浙大学子宋慕法喜结良缘。夫妻举案齐眉，相敬如宾。婚后生下宋菲君。丰林先教子有方，虽然苦难时期，生活清贫，但一家人郎才女貌、美满和谐，"警报做媒人"可以称得上是"世间有双"。

▎ 警报做媒人 ▎

从1938年至1942年期间，外公在浙大讲授"艺术概论"等课程，并追随浙大西迁，先后执教于广西宜山和贵州遵义。在颠沛流离中，子女的学习受到不小影响，尽管逃难路上外公亲自为子女补习古文，但别的课程欠缺较多。到贵州遵义后，外公就想请位家教，给孩子们补补理科和英文。那一年浙大刚毕业的两位男青年走进丰家，要见见他们的老师丰子恺，其中一位叫宋慕法（作者的父亲），是贝时璋先生的学生，刚从浙大生物系毕业，在遵义酒精厂工作，经人介绍来丰家做家教。

在补课期间，宋慕法和丰家二小姐丰林先（作者的母亲，后改名为丰宛音）恋爱，决定结婚，这是丰家子女的第一桩喜事，还是丰家在抗战时期唯一一桩婚事。外公曾作画《警报做媒人》，尚不知是否取材于父母亲的故事，但正是抗战，正是浙大西迁，才成就了这段姻缘。

父母结婚的日子为1941年9月7日，婚礼在遵义的成都川菜馆举行。主婚人应为双方父母，女方自然就是丰子恺，男方由于老家远在浙江平阳，更由于战乱，不便来人，就请同乡、浙大教授苏鸿的太太当主婚人。证婚人就是外公的朋友、著名数学家苏步青。

结婚证书由外公手书，那天的婚礼热闹非凡，共有七十四位亲朋好友在签到本上签字。浙大的舒鸿（又称"奥运金哨"），史地学家张其昀，数学家陈建功、苏步青，理论物理学家束星北，文史学家郦承铨、欧阳翥、王焕镳，电机科教师王国松等名人都来参加，竺可桢校长因出差未能参加，由他的妻子陈汲出席，签名"竺陈汲"，婚礼几乎成了名人聚会。

尽管是在困难时期，新娘还是想披婚纱，竺可桢校长夫妇赠送一床绣花被面，就当了新娘的婚纱，小姨丰一吟当了女傧相。

当年 11 月 6 日，外公又应国立艺专校长陈之佛之聘，到重庆担任该校教授兼教务长。我家仍留在遵义。

外公曾写过一首《催生诗》寄给我母亲：

> 忆昔喜弄瓦，常作"小母亲"。
>
> 今待寒食后，盼汝得"千金"。

"弄瓦"的意思是得女儿。我母亲小时候喜欢抱着洋娃娃扮母亲。从诗中看，当时家里人盼望（或推测）母亲能生个女儿。我是在父母婚后的次年即 1942 年的清明节出生的，没想到第一个孩子是男孩，也是丰家的第一位外孙。外公写了一封信给我父亲，说："得信全家大喜，商量起名，至今决定，另写一纸附去，菲是芳菲之意（清明节古称"芳菲节"），芳菲之君，又含有平凡伟大之意。盼望满月后见见菲君。"

我略长大一点后，就成了外公笔下的模特儿。我的一颦一笑，都成了外公的画题。我和小舅舅只差 4 岁，常常一起玩，人称"大外孙、小娘舅"。在《将来我和小娘舅一样大了，也叫你爸爸》中，外孙指着一旁的小舅舅问："为什么我叫你外公，他叫你爸爸？"外公随意地回答："你小，叫我外公，小娘舅大，叫我爸爸。"可爱又似懂非懂的外孙说："将来我同小娘舅一样大了，也叫你爸爸。"这段让人忍俊不禁的家庭小品被外公画了下来，登在报上，还不知有多少读者会捧腹大笑！

小重山·昨夜寒蛩不住鸣

〔南宋〕岳　飞

昨夜寒蛩不住鸣[1]。惊回千里梦[2]，已三更。起来独自绕阶行。人悄悄[3]，帘外月胧明[4]。

白首为功名[5]。旧山松竹老[6]，阻归程。欲将心事付瑶琴[7]。知音少[8]，弦断有谁听？

注释

[1] 寒蛩（qióng）：深秋的蟋蟀。

[2] 千里梦：指光复中原之梦。

[3] 悄悄（qiǎo）：寂静的样子。

[4] 月胧（lóng）明：月色微明。

[5] 白首：（熬）白了头。功名：功业与名声。

[6] 旧山：家乡的山，代指故乡。

[7] 瑶琴：用玉装饰的琴。宋·何薳《春渚纪闻·古琴品说》："秦汉之间所制琴品，多饰以犀玉金彩，故有瑶琴、绿绮之号。"

[8] 知音：典出《列子·汤问》，俞伯牙善鼓琴，钟子期善听琴。后人以"知音"比喻知己。

评述

　　岳飞（1103—1142），字鹏举，相州汤阴（今属河南安阳）人，南宋抗金名将，累官枢密副使，封武昌郡开国公。因反对朝廷与金议和，宋高宗绍兴十二年（1142），被秦桧以"莫须有"罪名杀害，享年三十九岁。孝宗时追谥武穆，理宗时追封鄂王。这首词约作于绍兴八年（1138）宋、金和议之后。秋夜里蟋蟀鸣声起伏，岳飞从梦中惊醒，披衣起身，绕阶独行。帘外悄然静谧，月色微明，刚才还在梦里转战千里，但眼下故乡却仍落入金人手中。就在岳飞打算"直捣黄龙"的时候，朝廷与金人议和了。回乡的路被阻断，收复山河的旧梦实际上已经破碎了。世无知音，即使弹断了琴弦，又有谁能了解自己的心事？岳飞传世的词作不多。相比《满江红》的忠愤激烈、激昂喷薄，这首《小重山》情绪内敛低沉，含蓄委婉，悲凉悱恻之至。

| 外公"割须抗敌" |

有一次我看《说岳全传》，说起岳家军在朱仙镇大破金兀术的拐子马，在庆功宴上激励部将"直捣黄龙府，与诸君痛饮耳"，但宋高宗听信投降派宰相秦桧的谗言，十二道金牌将岳飞召回，岳飞抗金功亏一篑。外公说岳飞原来曾写下"归来报明主，收拾旧神州"的名句，但被高宗召回后郁郁不得志，遂写下了《小重山》。

抗战期间，外公多次以岳飞抗金的故事为题材，写文章、画漫画，歌颂全民抗战。外公在1938年的《谈抗战歌曲》一文中说：[①]

抗战以来，艺术中最勇猛前进的要算音乐。……只有音乐，普遍于全体民众，像音乐像血液周流于全身一样。我从浙江通过江西、湖南，来到汉口，在沿途地逗留，抗战歌曲不绝于耳。连荒山中的三家村里（我在江西坐船走水路，常夜泊荒村，上岸游览，亲耳所闻），也有'起来，起来''前进，前进'的声音出之于村夫牧童之口。都会里自不必说，长沙的湖南婆婆，汉口的湖北车夫，都能唱'中华民族到了最危险的时候'。宋代词人柳永所作词，普遍流传于民间，当时有"有井水处，即有柳词"之谚。现在也可以说："有人烟处，即有抗战歌曲。

---

① 丰陈宝，丰一吟编：《丰子恺文集》（艺术卷四），第4页，浙江文艺出版社，浙江教育出版社，1992。

原来音乐是艺术中最活跃，最动人，最富于"感染力"和"亲和力"的一种。故我们民间音乐发达，即表明我们民族精神昂奋，是最可喜的现象。前线的胜利，原是忠勇将士用热血换来的。但鼓励士气，加强情绪，后方的抗战文艺亦有着一臂的助力，而音乐实为其主力。

抗战期间，外公于1938年3月带着我大姨丰陈宝和我母亲丰林先两个女儿到武汉。当时爱国的文艺界人士云集武汉，外公写文章、画抗日漫画，做了大量抗战的文艺工作。当年5月份《抗战文艺》创刊，外公是编委之一，并题刊名。外公到武汉后，脱下灰布长袍，换了中山装。到桂林后甚至着"戎装"摄影后寄给朋友，显得年轻了许多。报刊纷纷报道："丰子恺割须抗敌。"

1938年台儿庄大捷。母亲回忆当时的情况，听说中国军队在前线与敌寇浴血苦战，付出巨大的牺牲，特别是川军万余人拼死疆场，外公常常吟诵"誓扫匈奴不顾身，五千貂锦丧胡尘"（估计是指川军王铭章全师在藤县战死），外公撰文《中国就像棵大树①：》："中华民族的生命，是永远摧残不了的。无论现在如何危难，他定要继续生存。这大树真可说是今日的中国的全体的象征。"并发表一幅画《大树被斩伐，生机并不绝》。

《捷报》《归来报明主》画于民国三十四年九月九日即1945年日本投降的时候。画题取材于岳飞的词《送紫岩张先

---

① 丰陈宝，丰一吟编：《丰子恺文集》（文学卷二），第37页，浙江文艺出版社，浙江教育出版社，1992。

生北伐》：

> 号令风霆迅，天声动北陬。
>
> 长驱渡河洛，直捣向燕幽。
>
> 马蹀阏氏血，旗袅可汗头。
>
> 归来报明主，恢复旧神州。

新丰折臂翁

〔唐〕白居易

新丰老翁八十八[1]，头鬓眉须皆似雪。

玄孙扶向店前行[2]，左臂凭肩右臂折[3]。

问翁臂折来几年，兼问致折何因缘。

翁云贯属新丰县，生逢圣代无征战[4]。

惯听梨园歌管声[5]，不识旗枪与弓箭。

无何天宝大征兵[6]，户有三丁点一丁。

点得驱将何处去，五月万里云南行。

闻道云南有泸水[7]，椒花落时瘴烟起[8]。

大军徒涉水如汤[9]，未过十人二三死。

村南村北哭声哀，儿别爷娘夫别妻。

皆云前后征蛮者，千万人行无一回。

是时翁年二十四，兵部牒中有名字[10]。

夜深不敢使人知，偷将大石捶折臂。

张弓簸旗俱不堪[11]，从兹始免征云南。

骨碎筋伤非不苦，且图拣退归乡土。

此臂折来六十年，一肢虽废一身全。

至今风雨阴寒夜，直到天明痛不眠。

痛不眠，终不悔，且喜老身今独在。

不然当时泸水头，身死魂孤骨不收。

应作云南望乡鬼，万人冢上哭呦呦[12]。

老人言，君听取。君不闻开元宰相宋开府[13]，
不赏边功防黩武。

又不闻天宝宰相杨国忠[14]，欲求恩幸立边功。

边功未立生人怨，请问新丰折臂翁。

注释

[1] 新丰：唐代县名，在今陕西临潼县东北。

[2] 玄孙：孙子的孙子。

[3] 左臂凭肩：左臂扶在玄孙肩上。

[4] 圣代：圣明时代。折臂翁大概生于开元中期，并在开元后期度过青少年阶段。开元时期，社会比较安定，经济繁荣，故称"圣代"。

[5] 梨园：玄宗时宫庭中教习歌舞的机构。新丰在骊山华清宫附近，所以老翁能听到宫中飘出的音乐。

[6] 无何：无几何时，不久。

[7] 泸水：今雅砻江下游的一段江流。

[8] 椒花：椒树夏季开始落花。瘴烟：即瘴气，中国南部和西南部地区山林间因湿热蒸发而产生的一种能致人疾病的气体。

[9] 汤：热水，这里指的是瘴气氤氲在水面，就如同沸水一样。

[10] 牒：兵部文书，这里指征兵的名册。

[11] 簸：摇动。

[12] 万人冢：原诗自注说，云南有万人冢，在鲜于仲通、李宓军队覆没的地方。万人冢在南诏都城太和（今云南省大理县），故址尚存。

[13] 宋开府：指宋璟，开元时贤相，后改授开府仪同三司。原诗自注说，开元初天武军牙将郝灵佺斩突厥默啜，自谓有不世之功，宋璟为了防止边将为邀功请赏而滥用武力，挑起与少数民族的纠纷，第二年才授他

为郎将，结果郝氏抑郁而死。

［14］杨国忠：天宝年间拜相，嫉贤妒能，是唐代有名的
　　　　奸相。

....

评述

　　白居易（772—846），字乐天，号香山居士，祖籍太原，
生于河南新郑。唐代伟大的现实主义诗人。白居易与元稹共
同倡导新乐府运动，世称"元白"，与刘禹锡并称"刘白"。
他的诗歌题材广泛，形式多样，语言平易通俗。官至翰林学
士、左赞善大夫。有《白氏长庆集》传世，代表诗有《长恨
歌》《卖炭翁》《琵琶行》等。《新丰折臂翁》是白居易写于
唐宪宗元和四年（809）的《新乐府》五十篇中的一篇。这
首《新丰折臂翁》题下小序是"戒边功也"，将作诗目的说
得十分清楚。诗歌写了一位在天宝年间逃过兵役的老人的传
奇经历。这首诗可以分为三个部分，第一部分描绘了折臂翁
的外观形象，第二部分诗人以第一人称的口吻叙述老翁亲历
的征兵往事，第三部分则是诗人对穷兵黩武的议论。这位老
翁生逢开元盛世，他听惯了宫廷梨园里传出的歌舞管弦，不
懂得舞刀弄棒。可是好景不长，天宝年间朝廷对南诏的军事
行动打破了人们的安宁生活，造成了无数的妻离子散。即将
远征的人们听说在云南的泸水上，瘴气迷漫，奔赴战场的
人，没一个能活着回来。更不幸的是，老翁的名字出现在征
兵的名册上，他只有选择在深夜用石头砸断自己的手臂。他
虽然从此变成了残废，为此而痛苦终生，但却得到了长寿，
没有成为万人冢上的望乡鬼。诗人在最后追念了开元时代的

贤相宋璟，抑制边将邀功的正确举措，同时谴责了杨国忠为了达到固宠的丑恶目的，视几十万生命为儿戏，使无数人家破人亡，国家和民族也因此而变得灾难深重。诗人反对不义战争，希望各民族平等相待，和睦相处，表现出诗人仁民爱物的宽广胸襟与美好愿望。

┃ 新丰折臂翁 ┃

在抗日战争中，百万川军奔赴前线，与侵略军浴血苦战。外公拍案而起，用那"五寸不烂之笔"，写文章画画，讨伐侵略者。

但外公笃信佛教，热爱和平，很喜欢白居易的《新丰折臂翁》，祈求天下无战事。他的书画中抒发和平理念的作品很多。例如漫画《渔阳老将谈新战，几度搴裳指弹痕》《卖将旧斩楼兰剑，买得黄牛教子孙》。又如郭震的诗：

> 老来弓剑喜离身，说着沙场更怆神。
> 任使将军全得胜，归时须少去时人。

我们家从1943年或1944年起就搬到重庆，当时住在覃家岗，父亲在重庆中正中学教英文。外公家在沙坪坝，外公称他家自建的房子为"沙坪小屋"。我们在重庆一直住到1946年才复员回到上海。

母亲常常和我说起重庆的往事，她曾说抗战胜利后，许多伤兵回到重庆，社会秩序很乱。外公曾画过好几幅画，描写那些曾经为国家受伤的勇士的窘况。母亲说有一次一个伤兵不知什么原因向一辆小轿车开了一枪，打死了车里的一位要员，汽车司机拼命开车逃脱，重庆各大小报刊都对此事大肆报道。

贺新郎·兵后[1]寓吴

〔南宋〕蒋 捷

深阁帘垂绣。记家人、软语灯前，笑涡红透。万叠城头哀怨角[2]，吹落霜花满袖。影厮伴、东奔西走。望断乡关知何处，羡寒鸦、到着黄昏后。一点点，归杨柳。

相看只有山如旧。叹浮云、本是无心，也成苍狗[3]。明日枯荷包冷饭，又过前头小阜[4]。趁未发、且尝村酒。醉探枵囊毛锥在[5]，问邻翁、要写牛经否[6]。翁不应，但摇手。

··

注释

[1] 兵后：元兵攻陷临安，宋王朝灭亡后。

[2] 万叠：单曲往复，如"阳关千叠"。角：军中号角。

[3] 苍狗：苍，灰白色。白云苍狗，形容世事无常，幻化不定。

[4] 小阜：小土山。

[5] 枵（xiāo）囊：枵，空虚。空囊，形容穷困。毛锥：毛笔。

[6] 牛经：与养牛相关的书。

评述

　　蒋捷，字胜欲，号竹山，阳羡（今江苏宜兴）人，南宋咸淳十年（1274）进士。词史上与王沂孙、周密、张炎齐名，并称"宋末四大家"。南宋灭亡后，开始隐居、流浪，拒不仕元，气节为时人所重。有《竹山词》传世。南宋亡后，他开始流浪、隐居，这首词即作于战后流落苏州期间，耳闻目见，为凄凉所束。回忆深处，绣帘深阁，团坐在温婉的光中，如花笑靥，静谧如灯。何曾想，城头变幻，军号哀鸣，家人离散，慌乱中，落了冰冷的满袖霜花。日暮乡关，烟波江上，何处是归程？每当日落，我突然就很羡慕那些寒鸦，隐没于杨柳梢头。人非物换，转头成空，远河远山如旧。世事真无常，想想明天，仍是冷饭残酒。如今，我要依凭笔墨，代人写点东西贴补家用，都无计可施。这首词以回忆起笔，今昔对照，尤显凄凉。"情以物迁，辞以情发"，最打动人的，是在国破家亡以后，那些原本平常安静的事物，如日暮寒鸦归树，一旦入眼，心旌即为之摇动，眼泪恐怕也控制不住。《文心雕龙·物色》篇的赞语总结尤妙，可移过来帮助理解这首词的妙处，"山沓水匝，树杂云合。目既往还，心亦吐纳。春日迟迟，秋风飒飒。情往似赠，兴来如答"。

┃ 七载飘零久 ┃

　　1944年，二战形势已经发生根本性变化，美国在太平洋战场已经取得节节胜利，战线已经非常接近日本。抗战已经十三年，进入战略反攻阶段，中国远征军强渡怒江天险，从滇西反攻，连克日军重兵把守的腾冲、松山等地。同时继昆明修筑机场供美国援华"驼峰航线"飞机降落外，在成都等地也修筑机场，供美国B-29远程轰炸机从四川起飞轰炸日本本土。当时中国没有大型机械，机场全靠民工修筑。父亲曾回忆，那时候纸上头条新闻、大幅照片都是联军胜利的报道。

　　当时外公住在重庆沙坪坝的"抗建式"小屋内。中秋那天月明如昼，全家十人团聚。外公庆喜之余，饮酒大醉。次晨醒来，在枕上填一曲《贺新郎·甲午中秋重庆作》。

　　七载飘零久。喜巴山客里中秋，全家聚首。去日孩童皆长大，添得娇儿一口，都会得奉觞进酒。今夜月明人尽望，但团圆骨肉几家有？天于我，相当厚。

　　故园焦土蹂躏后，幸联军痛饮黄龙，快到时候。来日盟机千万架，扫荡中原暴寇，便还我河山依旧。漫卷诗书归去也，问群儿恋此山城否？言未毕，齐摇手。

　　在逃难路上"添得娇儿一口"，指生了一个小儿子，取名"丰新枚"，就是我的小舅。中秋晚上家家赏月，但抗战期间，许多家庭妻离子散，家破人亡，而外公全家在中秋团聚，真是太大的幸运，所以外公说"今夜月明人尽望，但团圆骨肉几家有？天于我，相当厚"。多年后小姨写书纪念外公，书名就是《天于我，相当厚》。

想不到第二年日本无条件投降了，外公形容那一天狂欢的景象："酒醉之后，被街上的狂欢声所诱，我又跟了青年们去看热闹……挤得倦了，欢呼得声嘶力竭了……'丰先生，我们来讨酒吃了！'我发现两瓶茅台酒，据说是真茅台酒，我藏久矣，今日不吃，更待何时？""就寝之后，我思如潮涌，想起了八年前被毁的缘缘堂，想起了八年来生离死别的亲友，想起了一群汉奸的下场，想起了惨败的日本的命运，想起了奇迹地胜利的中国的前途……无端地悲从中来，所谓'胜利的悲哀'。"

外公写《贺新郎》词多张，分送亲友，为胜利助喜。自己留下一张，贴在室内壁上，天天观赏。大家在赞赏之余，四川朋友却不大高兴了。抗战十四年，作为大后方，百万川蜀子弟参军，王铭章一个师的将士战死台儿庄藤县。四川为抗战做出了重大贡献，并容纳了数百万逃难过来的内地同胞，包括多位文艺界名人。所以外公立刻将他的词最后一句改为"言未毕，齐点首"。

外公在报刊发表文章《谢谢重庆》，说"漫卷诗书归去也，问群儿恋此山城否？言未毕，齐摇手"，其实并非厌恶这山城，只是感情、意气、趣味所发生的豪语而已。凡人都爱故乡。中国古代诗文中，此病尤为流行。"去国怀乡"，自古叹为不幸。今后世界交通便捷，人的生活流动，"乡"的观念势必逐渐淡薄，而终至于消灭，到处为家，根本无所谓"故乡"。然而中国人的血液里，还保留着不少"怀乡病"的成分。故客居他乡，往往要发牢骚，无病呻吟。尤其是像外公全家，被敌人的炮火所逼，放逐到重庆来，发点牢骚，正是有病呻吟。岂料呻吟之后，病居然好了，十年不得归去的故乡，居然有一天可以让全家归去了！因此，不管故园已成焦土，不管交通如何困难，不管下江生活如何昂贵，外公一定要辞别重庆，遄返江南。

外公说，重庆的临去秋波，非常可爱！那正是清和的四月，外公卖脱了沙坪坝的小屋，迁居到城里凯旋路来等候归舟。凯旋路这名词已够好了，何况这房子站在山坡上，开窗俯瞰嘉陵江，对岸遥望海棠溪。水光山色，悦目赏心。晴朗的重庆，不复有警报的哭声，但闻"炒米糖开水""盐茶鸡蛋"的节奏的叫唱。

这真是一个可留恋的地方。可惜如马一浮先生赠诗所说："清和四月巴山路，定有行人忆六桥。"外公说他自己苦忆杭州苏堤上的六桥，不得不离开这清和四月的巴山而回到杭州去。临别满怀感谢之情！数年来全靠这山城的庇护，谢谢重庆！

我读北大时，周日去人民音乐出版社拜访二舅丰元草，他说外公写这首词，受到蒋捷《贺新郎》的影响。在外公这首词中，借用了三首诗词的句子：

"去日孩童皆长大"引自窦叔向诗：

> 夜合花开香满庭，夜深微雨醉初醒。远书珍重何曾达，旧事凄凉不可听。
> 去日儿童皆长大，昔年亲友半凋零。明朝又是孤舟别，愁见河桥酒幔青。

"今夜月明人尽望"引自王建诗：

中庭地白树栖鸦，冷露无声湿桂花。

今夜月明人尽望，不知秋思落谁家。

"漫卷诗书归去也"则引自杜甫《闻官军收河南河北》：

剑外忽传收蓟北，初闻涕泪满衣裳。却看妻子愁何在，漫卷诗书喜欲狂。

白日放歌须纵酒，青春作伴好还乡。即从巴峡穿巫峡，便下襄阳向洛阳。

当时因安史之乱，杜甫为躲避战火从中原流落到四川，听说唐军收复失地后写了这首诗。这与外公丰子恺的情况颇像。母亲对外公这首《贺新郎》评价很高，说这首词"极具家园情怀，下阕预言抗战最后胜利，果然一年后实现了"。

一剪梅·舟过吴江[1]

〔南宋〕蒋 捷

一片春愁带酒浇。江上舟摇，楼上帘招[2]。秋娘容与泰娘娇[3]，风又飘飘，雨又潇潇。

何日云帆卸浦桥[4]，银字筝调[5]，心字香烧[6]。流光容易把人抛[7]，红了樱桃，绿了芭蕉。

注释

[1] 吴江：今江苏吴江。

[2] 帘招：帘，酒旗。招，招引。指酒旗在风中招摇。

[3] 秋娘容与泰娘娇：一作"秋娘渡与泰娘桥"。秋娘，唐德宗时镇海军节度使李锜有侍妾名杜秋娘；又，李德裕家有歌姬名谢秋娘。后世多以秋娘为歌姬或美妾之代称。泰娘，刘禹锡《泰娘诗》："泰娘家本阊门西，门前绿水環金堤。有时妆成好天气，走上皋桥折花枝。"指家门前之皋桥。秋娘与泰娘，暗指秋娘渡与泰娘桥两个地名。作者只取"秋娘"与"泰娘"二字，并进行了拟人化想象，别有情致。

[4] 何日云帆卸浦桥：一作"何日归家洗客袍"，皆游子思家望归之意。

[5] 银字筝：筝，一作"笙"。银字筝（笙），指有银字装

饰的乐器。

［6］心字香：用香末绕成篆字心形。

［7］流光：指时间。年光如逝水，迢迢去不停。

评述

　　蒋捷的这首词作于南宋灭亡后，时值初春，乍暖还寒，作者身遭离乱，漂泊于吴江、太湖一带，摇舟江上，看见楼上招摇的酒旗，家国之思涌上心头。眼下风雨时起，想起焚香慢调银筝的日子，顿觉韶光如水，世事蹉跎。末两句借樱桃、芭蕉的颜色变化写时光之飞逝，清新自然，却又愁绪摇曳，勾人哀伤。

| 艰难的复员东归路 |

抗战胜利后，外公曾有留在重庆的念头，他想：缘缘堂既然已成焦土，重庆倒还有几间"抗建式"的"沙坪小屋"。四川当局也曾有公报：欢迎下江教师留在重庆，报酬从优。再说三位年长的舅舅和姨妈已在重庆任公教人员，小姨丰一吟"已是一口的四川话"。但马一浮先生的一曲《感事诗稿》还是深深地勾起了外公的思乡之情：

> 红是樱桃绿是蕉，画中景物未全凋。清和四月巴山路，
> 定有行人忆六桥。
> 身在他乡爱故乡，故乡今已是他乡。画师酒后应回首，
> 世相无常画有常。

外公思念杭州的春天，苏堤上的一株柳树、一株桃花，决心舍弃沙坪坝的衽席之安，复员东归。

听我母亲说，当时由于大批外地人复员，车船票非常难买到，外公常常在小屋里踱步，反复吟诵蒋捷的《一剪梅》"流光容易把人抛，红了樱桃，绿了芭蕉"。外公十分喜欢马一浮先生的诗句，一直贴在"沙坪小屋"客堂内墙上。两旁还挂着马先生的赠联："藏胸丘壑知无尽，过眼烟云且等闲。"

1946年外公写了一幅马先生的诗句，赠给上大学的大女儿陈宝和二女儿宁馨，在后面还记叙了当时的情景："卅五年（民国三十五年，即1946年）辞沙坪小屋迁居渝城，伫候归舟而交通阻滞，行期渺茫。念昔年湛翁（指马一浮先生）赠诗，弥觉亲切，床头有纸，援笔书之，以贻陈宝宁馨。"

丰家八个人终于在1946年走上复员东归之路，这是一条崎岖路。除了外公、外婆、舅舅、姨妈，还有我的父母亲和我。我个头小够不着饭桌，吃饭时就垫着两本很厚的《辞海》。经过绵阳、剑阁、宝鸡到达开封。当中还有一个小插曲：在开封下车后，我就蹲到两节车厢间玩耍。大舅看见，一把把我拽上来："赶紧上来，车还要开。"就在这时候咯噔一下火车开动了。

外公全家在开封等车急得几乎得病，手中盘缠不多了。正在着急，开封的报纸登出"丰子恺抵汴"（开封简称）的消息，朋友和粉丝们纷纷来看望，有位校长请外公作画，帮助买到了票。

在郑州车站人太多挤不上火车，外公和家人正在着急时，一些学生发现行李签上写着"丰子恺"，立刻认出了外公，他们在火车上挤出几个位子，外公全家终于顺利到武汉。

外公到了武汉，就找到开明书店，到了开明书店犹如回到娘家，书店帮助外公在汉口和武昌各办了一场画展，一下子就解决了生活问题和回江浙的盘缠。画展上还有一个花絮：有一对夫妻看了《兼母之父》后吵了起来，男的指责女的像画中的女人那样不管家务，女的说是男的自己愿意管孩子。

外公全家终于回到上海。外公在《胜利还乡记》中说："终于有一天，我的脚重新踏到了上海的土地。跨到月台上的时候，第一脚特别踏得重一点，好比同他握手。"

酬乐天扬州初逢席上见赠[1]

〔唐〕刘禹锡

巴山楚水凄凉地，二十三年弃置身[2]。

怀旧空吟闻笛赋，到乡翻似烂柯人[3]。

沉舟侧畔千帆过，病树前头万木春[4]。

今日听君歌一曲，暂凭杯酒长精神[5]。

....

注释

[1] 乐天：中唐诗人白居易的号。

[2] 刘禹锡曾因政治斗争数次被贬，先后被贬到朗州、连
州、夔州等地做地方官，前后长达二十三年。

[3] 闻笛赋：指西晋向秀的《思旧赋》。翻似：倒好像。烂
柯人：指晋代王质入山观仙人弈棋，斧柄已烂的典故。
柯：斧柄。

[4] 沉舟、病树：诗人自比。

[5] 歌一曲：指白居易《醉赠刘二十八使君》一诗。

....

评述

刘禹锡，字梦得。中唐诗人，与白居易、元稹齐名。他
的诗歌和人生，都与唐代激烈的政治斗争有着紧密关联。他
青年时代积极参与"永贞革新"，失败后是首先被迫害的

"八司马"之一。接连不断地被贬谪到边远州县任职，志同道合的挚友先后去世，刘禹锡的悲慨可想而知。然而最难能可贵的是他有一种永不屈服的乐观精神，故而后世有人称赞他是"诗豪"。这首诗最集中体现了他彻底的乐观精神：沉船旁边，千艘船舶已经驶过；病树前头，郁郁葱葱的树木显示着盎然春色。关于这句诗歌，历来有许多解读。表面上看，这是在歌颂某种潮流或者趋势浩荡，不是一艘沉船、一棵病树能够阻挡的，但仔细玩味，我们从刘禹锡的句子里可以读出一种超然的自信。他仿佛是在自比沉舟、病树，认为自己才是时代的清醒者，那些鱼贯而过的千帆和繁茂异常的万木都只是历史的过眼云烟，诗句的反讽意味浓烈，发人深省。

┃ 到乡翻似烂柯人 ┃

抗战胜利复员回到上海不久，外公就回到桐乡石门湾去凭吊缘缘堂。外公回忆起当时的情景："当我的小舟停泊到石门湾南皋桥堍的埠头上的时候，我举头一望，疑心是弄错了地方。因为这全非石门湾，竟是另一地方。只除运河的湾没有变直，其他一切都改样了。这是我呱呱坠地的地方。十年以来，它不断地装着旧时的姿态而入我的客梦；而如今我所踏到的，并不是客梦中所惯见的故乡！"

到了缘缘堂原来的地方，但见一片荒地，草长过膝，这才是"昔日欢宴处，树高已三丈"。原来听说缘缘堂虽毁于日本轰炸，但烟囱还是屹立，象征着"香火不断"。如今烟囱不知去向，而外公家的烟火的确不断。十年前带了六个孩子逃出去，回来时变成六个成人，又添了一个八岁的抗战儿子（小娘舅丰新枚）。倘若缘缘堂在，它应当大开正门，欢迎外公全家回归。可惜它如今变成一片荒烟蔓草。大舅丰华瞻想找一点缘缘堂的遗物，带到北平去作纪念。寻来寻去，只有蔓草荒烟，遗物了不可得。后来用器物发掘草地，在尺来深的地方，掘得了一块焦木头。依地点推测，大约是门槛或堂窗的遗骸。

外公说，许多乡亲邻居死于战乱。"我走到了寺弄口，竟无一个认识的人。因为这些人在十年前大都是孩子，或少年，现在都已变成成人。""儿童相见不相识，笑问客从何处来"，这两句诗从前是读读而已，外公想不到自己会做诗中的主角！

旁边不相识的人，看见这一群陌生客操着道地的石门湾土白（即家乡石门湾的方言）谈话，更显得惊奇起来。其中有几位父老，向外公他们注视了一会，和旁人切切私语，于是注目的人更多，外公非常感慨："到乡翻似烂柯人，连老家人的人都不认得我了。"外公隐约听见低低的话声："丰子恺，丰子恺回来了！"

二

西子湖畔旧事

采桑子·轻舟短棹西湖好

〔北宋〕欧阳修

轻舟短棹西湖好[1]，绿水逶迤[2]。芳草长堤，隐隐笙歌处处随[3]。

无风水面琉璃滑，不觉船移。微动涟漪[4]，惊起沙禽掠岸飞[5]。

注释

[1] 短棹：划船用的小桨。

[2] 逶迤（wēi yí）：曲折绵延的样子。

[3] 笙歌：合笙之歌，一说吹笙唱歌。

[4] 涟漪：水面波纹；微波。

[5] 沙禽：沙滩上的水鸟。

评述

　　颍州西湖（今属安徽阜阳县）为宋代名胜，风景秀丽，欧阳修为此作了十首《采桑子》，这是其中之一。欧阳修于北宋仁宗皇祐年间（1049—1054），曾为颍州知府，他在《思颍诗后序》中直接表达过对此地的喜爱："爱其民淳朴、讼简而物美，土厚水甘而风气和，于时慨然已有终焉之意

荷花婿欲语
愁杀荡舟人
    子恺於西湖作

缘缘堂画笺

1947 TK

也。"多年以后，欧阳修致仕，于是回到颍州居住，得尝所愿。这首小令的开篇，似为舟中视角，以此记叙所见，乘一轻便小船，循蜿蜒绿水，两边堤坝为花草覆盖，葱郁绵延，不知是哪里的乐队，隐隐奏着笙歌。湖面静如铜镜，宛若琉璃，小船漂荡其中，如果不是两岸的花草，真是难以察觉在动。船偶尔晃荡那么几下，打破宁静，泛起涟漪。刚刚几只或许正打盹儿的水鸟，也被吓到，惊叫两声，下意识地猛扑闪两下翅膀，掠岸飞向远处，像投了几块石子，又落进了草丛。笔调淡雅轻松，清新自然，如同一幅简笔画，三两笔即勾勒出作者恬淡愉悦的心情。

| 第二故乡 |

外公给我讲完欧阳修的十首《采桑子》，告诉我这词里
讲的西湖不是杭州的西湖，是颍州西湖。但外公说杭州西湖
就和欧阳修的《采桑子》里写得一样美。

外公的老家（桐乡）在离杭州约一百里的地方，然而外
公少年时代曾在浙江省立第一师范学校读书，在那里遇到了
他的恩师李叔同；中年时代外公又在杭州做"寓公"，因此
杭州可说是外公的第二故乡。

抗战胜利后，外公曾长期租住在杭州里西湖静江路85
号。他在给朋友夏宗禹的信中说："杭州山水秀美如昔，我
走遍中国，觉得杭州住家最好，可惜房子难找。我已租得小
屋五间，在西湖边，开门见放鹤亭（即孤山林和靖放鹤处），
地点很好，正在修理，大约一个月后可进屋。来信可常寄招
贤寺，因小屋即在寺旁也。此屋租修约三百万元，连家具布
置，共花五百万元左右。上海画展所得，就用空了。"[1]

我和母亲也曾住在杭州好长时间。这座房子座落在静
江路边的高台阶上，共有三间正房、两间厢房，当中一个天
井。外公他们住在正房，外公的书房前面有一扇大窗户，正
对着马路。二姨丰宁馨和满外婆（外公的姐姐丰满）住西厢
房，我和妈妈住在东厢房。房子后面一条山路蜿蜒曲折通向
葛岭。静江路在房前拐一个弯，向西不远是西泠桥，过了桥
就是苏小小墓和郁郁葱葱的孤山。马路向下再往东不远就是

---

① 丰陈宝、丰一吟编：《丰子恺文集》（文学卷三），第418页，浙江文
艺出版社，浙江教育出版社，1992。

招贤寺、湖滨。外公认识招贤寺里的长老。

　　夏天，里西湖一大片荷叶荷花，"接天莲叶无穷碧"，一直连到孤山和白堤。外公曾画过好几幅西湖的荷花，《荷花娇欲语》，出自李白的诗《渌水曲》：

　　　　渌水明秋月，南湖采白蘋。
　　　　荷花娇欲语，愁杀荡舟人。

　　我在这里度过了童年时期一段愉快的日子。

晓出净慈寺送林子方[1]

〔南宋〕杨万里

毕竟西湖六月中，风光不与四时同。
接天莲叶无穷碧，映日荷花别样红[2]。

....

注释

[1] 净慈寺：在西湖南岸，南宋时为著名寺院。林子方：
　　杨万里好友，此次调任外职，杨万里写诗送别。
[2] 别样：宋时俗语，特别，不一样。

....

评述

　　西湖之美，不仅在于风景，更在于景致中的人物，它是
活泼泼的天然画卷。南宋的大诗人杨万里和丰子恺先生一样，
都善于发现日常生活中"有趣的场景"，并用艺术家的笔墨去
描绘湖山圣境。杨万里这首《晓出净慈寺送林子方》正是一
首诗中的"速写"诗。诗歌一上来就勾勒出时间与空间：六月
的杭州西湖，风光迥异四时。莲叶接天，满眼望去，无边无际
的碧色；荷花盛放，在红日的映衬下别是一番鲜妍可爱。诗人
就如同手持如椽巨笔，挥毫泼墨，一任挥洒，荷花与莲叶的强
烈色彩对比便凝固在读者的脑海中。诗歌中的景致是高度印象
化的，是经过艺术锤炼的佳作，在景物描写中也隐含着杨万里
对朋友林子方的依依惜别之情。景增情语，情添景色。

| 外公的写生本 |

当年我随外公在杭州里西湖静江路85号住过多年，家后面就是宝石山保俶塔。从早春三月起，里西湖就是一望无际的莲叶；从初夏起，莲叶中就是缀着一朵朵的粉红色的莲花，真个是"接天莲叶无穷碧，映日荷花别样红"。外公的许多画作取材自西湖风景人物，作画之余，他就带全家包一艘"西湖船"游湖，到湖心亭喝茶，到三潭印月欣赏四季不同的西湖风光，中午就在岳坟下船到著名的"楼外楼"用餐，"楼外楼"的匾额是外公题写的。一进门堂倌就迎出来，到订好的二楼临湖包间，一道道菜早已订好，其中必有西湖醋鱼。

读中学时候我向外公学画，也从写生学起。外公出门，常常带着一本速写本，这是一本白纸本，当时称"拍纸本"。大小约为A5纸的一半，后面贴一张硬纸板，用细绳捆着一根6B的短铅笔。外公告诉我："用寥寥数笔画下最初所得的主要印象，最为可贵。漫画之道，是用省笔法来迅速描写灵感，仿佛莫泊桑的短篇小说。"外公还说过："作画意在笔先。只要意到，笔不妨不到；非但笔不妨不到，有时笔到了反而累赘。"看到一个有趣的场景，外公立刻拿出速写本，三笔五笔画下来。有一次，我忽然见到一位女黄包车夫，拉着车和别的车夫说说笑笑。我立刻告诉外公，可惜外公出来时那女子已经不见了。外公仔细问了我女车夫的模样，过了两三天，一幅画《黄包车妻》就登载在杭州的报上。这才是"寥寥数笔，就栩栩如生"、充满生活气息的"子恺漫画"。回家之后，这一完全生活化的《西湖归车》又画到扇面上。

9 1

　　这里所谓"有趣的场景"，完全是艺术大师眼中的场景，普通人根本"看不到"。外公说："记得有一次，我在院子里闲步，偶然看见石灰脱落了的墙壁上的砖头缝里生出一枝小小的植物来，青青的茎弯弯地伸在空中，约有三四寸长，茎的头上顶着两瓣绿叶，鲜嫩袅娜，怪可爱的。我吃了一惊，同时如获至宝。因为这美丽的形象含有丰富深刻的意义，正是我作画的模特儿。用洋洋数万言来歌颂天地好生之德，远不及用寥寥数笔来画出这枝小植物来得动人。我就有了一幅得意之作，画题叫做'生机'。"

　　外公说他从青年时代起就爱画画，特别喜欢画人物，画的时候一定要写生，写生的大部分对象是杭州的人物。他常常带了速写簿到湖滨去坐茶馆，一定要坐在靠窗的栏杆边，这才可以看着马路上的人物而写生。湖山喜雨台最常去，因为楼低路广，望到马路上同平视差不多。茶楼上写生的主要好处，就是被写的人不得知，因而姿态很自然，可以入画[①]。

　　高二那年外公又带我去杭州游西湖，看见生意盎然的湖滨，外公当时就画了下来。不久，外公依据这幅速写完成了彩色漫画《人民的西湖》，在报刊上发表。我是幸福的，我亲眼看到"用寥寥数笔描写下来的灵感"，如何在艺术大师手中演变为一幅著名彩色漫画的全过程，这真是一个无比生动的例子！

　　我曾经无数次想过，如果当年我高三毕业不去考北大物理系，而去考上海美院，一心一意向外公学画，最后我的人生道路将完全不同。可惜人生只有一次选择，没有如果。

---

① 丰子恺：《杭州写生》，见丰陈宝，丰一吟编：《丰子恺文集》（文学卷二），第523页，浙江文艺出版社，浙江教育出版社，1992。

采桑子·平生为爱西湖好

〔北宋〕欧阳修

平生为爱西湖好，来拥朱轮^[1]，富贵浮云，俯仰流年二十春。

归来恰似辽东鹤^[2]，城郭人民^[3]，触目皆新，谁识当年旧主人。

注释

[1] 拥朱轮：古之太守，乘朱轮车，朱轮代指权力。此处指作者担任知州。

[2] 辽东鹤：典出《搜神后记》："丁令威，本辽东人，学道于灵虚山。后化鹤归辽，集城门华表柱。时有少年，举弓欲射之。鹤乃飞，徘徊空中而言曰：'有鸟有鸟丁令威，去家千年今始归。城郭如故人民非，何不学仙冢垒垒。'遂高上冲天。今辽东诸丁云其先世有升仙者，但不知名字耳。"

[3] 城郭人民：化用自《搜神后记》丁令威故事。

评述

在欧阳修的十首《采桑子》中，这首显得有些特别。其

特别之处，除了抒发情感更多一些外，还在于它突破赞赏颖州西湖之好，历经沉浮后，言语跃至更辽阔的生命感悟。"俯仰流年二十春"是指作者自颖州离任至退休归颖，这段二十年的时光。二十年前曾知颖州，就发现颖州西湖的可爱，在这些美好面前，富贵也如过眼烟云，转瞬即逝。二十年间发生了什么事，词里并没有多说一字。实际上，我们查考作者在这二十年中的经历，几经宦海沉浮，最后退隐颖州。再到颖州与初到颖州相比，更多了些达观，有些以前看重的事情，如今看来，已无关紧要。下阕化用《搜神后记》丁令威修道化仙的典故，似乎是在写远追虚，却又是在写切近的自己，颇有物是人非之感。此番归来，眼前城郭人民，一切如新。一句"谁识当年旧主人"，既道出时间飞逝之叹，又似乎在感慨，历经沉浮的我，终不似旧我，连我都快不认识自己了，谁还认识我这位旧主人呢？

┃ 孔祥熙求画记 ┃

　　母亲说过，外公在世时，求画者众多，亲友、邻居、同事、学生……但更多的还是广大读者。外公绘画总是一丝不苟，连盖图章的位置也要考虑再三，力求得体。人们常说外公虽是名画家，但平易近人，有求必应，毫无名人的派头。

　　有一次外公去探望病人[①]，发现有两个"鬓影"在纱窗外隐约出现，伴着女孩子吃吃的笑声。进来的是两个护士，黑的长发，白的长衣，一位脸孔像海棠，一位脸孔像莲花，眉眼像梅兰芳。她们笑着说："你是子恺先生，给我们描张画！""你们怎样知道我是？""嗳，我们知道的。我们常在杂志里看见你的画。你给我们各描一个像，好不好？"大家笑了，病人也笑。外公说："好的，不过我描的像是不像的呢！没有眉目，有时连嘴巴都没有。"没有说完，她们就转身去拿纸笔，笑声跟着她们远去。不久她们拿了一支铅笔和两张纸来。笑声又充满了病室中。外公说："先画的来！你站着。不是拍照，稍微动动不要紧的。笑笑也不要紧的！"大家笑起来。外公就在笑声中给海棠花脸孔的女孩描sketch（速写）。她把一双手巧妙地组合在胸前，衬着雪白的衣服，色彩很好，可惜外公的一支铅笔描不出来，只能描些线条。"好了！""这么快？"大家看了，笑个不休。我拦住了笑，说："这回你来！"那莲花脸的护士把右手插在白长衣的小袋里，姿势也很自然。她的态度很认真，最初凝神伫立，一笑

[①] 丰子恺：《访疗养院记》，见丰陈宝，丰一吟编：《丰子恺文集》（文学卷一），第506页，浙江文艺出版社，浙江教育出版社，1992。

也不笑。这便引得大家发笑，她自己也笑了。外公又在笑声中描了一个sketch。"好了，好了，给你们签字。TK（外公的笔名），老牌商标！"大家又笑起来，病人笑得脸孔上泛红色，同健康人一样。两个看护小姐各拿了自己的画像，一边谢，一边笑，一边去了。

我读高中时，同学们知道我是大画家丰子恺的外孙，有时也求外公的画，外公有求必应。记得有一次我们班级在一次重要的足球赛中获得2∶1的成绩，守门员陆国雄接住了学校一位著名球星尤孝荣的一个直接任意球立了大功。赛后陆国雄鼓起勇气向我求外公的折扇，我到外公家讲完足球赛的故事，想不到外公立刻为他画了一个折扇，一面是画，另一面是书法，令陆国雄惊喜万分。读北大期间我在京剧队拉京二胡，拉京胡的丁登山也求画，外公知道后立刻画了给他，还送他书法，好像是毛主席的诗《七律·人民解放军占领南京》，大概因为丁登山是南京人吧。后来丁登山写过一篇文章在报上发表：《丰子恺先生为不认识的青年作画》。

其实外公并不是一概有求必应的[①]。记得我家住在杭州时，当时的国民政府行政院长孔祥熙为了给自己祝寿，想请外公给他绘一套十二幅《西湖四季景色图》，并表示愿出高价……外公不假思索，断然谢绝。孔不死心，又托杭州市长周象贤上门代为求画，周象贤是外公的好朋友。外公淡淡一笑："富贵浮云，俯仰流年五十春。"正是欧阳修的《采桑子》，当年外公五十来岁。父亲告诉我，当时杭州的报纸立刻登出新闻：《孔祥熙屈尊求画，丰子恺不给面子》。

---

① 丰宛音：《世上如侬有几人：丰子恺逸事》，第88页，中国青年出版社，2016。

清　明

〔北宋〕黄庭坚

佳节清明桃李笑[1]，野田荒冢只生愁。

雷惊天地龙蛇蛰[2]，雨足郊原草木柔。

人乞祭余骄妾妇[3]，士甘焚死不封侯[4]。

贤愚千载知谁是，满眼蓬蒿共一丘[5]。

注释

［1］桃李笑：指桃和李都开花了，隐喻景色的明快气氛。

［2］蛰：原指动物冬眠不吃不喝，此处借指惊雷将动物吓住。

［3］人乞祭余：典故出自《孟子·离娄下》。齐国有一个人，乞讨人家祭祀时剩下的食物，回家却向妻子和妾炫耀自己受到富人们的礼遇和款待。

［4］士甘焚死：典故说的是春秋时晋文公流亡十九年登上君位，功臣介子推坚决不肯受赏，晋文公希望用火烧的方式逼迫他出山，却没想到介子推烧死在绵山上。

［5］蓬蒿：常常长在坟墓上的杂草。

评述

黄庭坚，字鲁直，号山谷道人、涪翁，洪州分宁人，北

佳節清明桃李笑，野田荒塚只生愁。雷驚天地龍蛇蟄，雨
足郊原草木柔。人乞祭餘驕妾婦，士甘焚死不封侯。賢愚千
載知誰是，滿眼蓬蒿共一坵。

南北山頭多墓田，清明祭掃各紛然。紙灰飛作白蝴蝶，血淚染
成紅杜鵑。日落狐狸眠塚上，夜歸兒女笑燈前。人生有酒須
當醉，一滴何曾到九泉。

鴉啼鵲噪昏喬木，清明寒食誰家哭。風吹曠野低錢飛，
古墓壘壘春草綠，棠梨花映白楊樹，盡是死生離別處。
冥冥重泉哭不聞，蕭蕭暮雨人歸去。

壬子清明日書

宋著名文学家、书法家，江西诗派开山之祖。

这首诗开篇以乐景写哀情：清明时节桃李花开，本是一派欣欣向荣，而野外的荒坟古冢之间却只有悲哀。清明正是雷雨初到、龙蛇震动、雨水丰沛、草木柔润的三春好景，这令人遥想古人：颈联提到了乞食坟墓的齐人和宁可焚死绵山也拒不出仕的介子推。这两个人的贤能抑或愚昧有谁能够说得清呢？如今，他们都掩埋在累累黄土之下。满眼蓬蒿生长在丘墟之上，徒令人心生感慨。这首诗最大的特色是使用对比手法：首联乐景写哀情，颔联动物蛰伏反衬草木生长，颈联用齐人之无耻反衬介子推之贤能，最后在尾联中得出结论：贤愚难辨，都付予黄土青山。感慨深沉而永恒。

外婆太太的坟被盗了

"外婆太太"是外婆家的一位长辈。母亲说，外婆徐家是崇德当地的大户，很有钱。外婆太太在世时对后辈子孙都非常慈祥，所以子女们都非常孝敬她。外婆太太去世时，丧事办得很隆重，陪葬品很珍贵。下殓时周围都是亲戚和邻居，还有远近来看热闹的人。母亲说当时就看到有不认识的人指指点点。

下葬后不久，就听说外婆太太的墓被盗，陪葬的金银首饰都不见了。家里不得不重新葬了一回，雇人守墓多日。讲到这里母亲还是感叹：解放后提倡火葬最好了。

外公给我们讲过《东周列国志》，"士甘焚死不封侯"讲的是"介子推守焚绵上"的故事。春秋时介子推跟随公子重耳流亡，后来公子重耳事业成功，成为春秋五霸之一的晋文公，大封群臣，介子推本来应当封高官，但不知因为什么忘了对他的封赏。介子推也不去争，和母亲到风景优美的绵山去隐居。等晋文公想起来后，亲自到绵山去寻找介子推，只见峰峦叠叠、草树萋萋、流水潺潺、行云片片、林鸟群噪、山谷应声，竟不得子推踪迹。正是："只在此山中，云深不知处。"

有人给晋文公出主意，让他烧山，介子推一定出来，再封赏他不迟。想不到烧山后发现介子推"子母相抱，死于枯柳之下"。

外公给我讲过"孟子"里的"齐人一妻一妾"的故事，齐人穷困潦倒，还要在妻妾面前装有钱，到墓地去偷供品，回来告诉妻妾在朋友家里吃大餐，这就是"人乞祭余骄妻妾"的出处。

103

　　母亲教我读完黄庭坚、高翥和白居易的三首清明诗，她非常感慨，说还是《红楼梦》第一回《好了歌》说得好："世人都晓神仙好，惟有功名忘不了！古今将相在何方，荒冢一堆草没了。"这才是"贤愚千载知谁是，满眼蓬蒿共一丘。"

清　明

〔南宋〕高　翥

南北山头多墓田，清明祭扫各纷然[1]。
纸灰飞作白蝴蝶，泪血染成红杜鹃。
日暮狐狸眠冢上，夜归儿女笑灯前。
人生有酒须当醉，一滴何曾到九泉[2]。

注释

[1] 纷然：众多繁杂的样子。
[2] 九泉：阴间，死人所居之地。

评述

　　高翥（zhù），字九万，号菊磵，浙江余姚人。南宋布衣诗人，江南诗派重要人物。他的这首《清明》满怀着对人世间生死的出离态度来落笔：南山北山到处是墓田，清明时节祭扫的人们纷繁众多。飘洒的纸钱纷纷扬扬，化作朵朵白蝴蝶；亲人哭出的血泪染红了杜鹃花。黄昏以后，只有狐狸栖息在坟茔之上，而白日祭扫的众人都在夜晚回到家中在灯前欢笑。这才是世间的本相，所以人生在世，有酒就应该喝醉，不信大家看看，黄泉之下的阴间，哪里曾有一滴酒到达那里。整首诗艺术化地表达出从古诗十九首以来的一个诗歌主题：世间美好的事物总是稍纵即逝，行乐须及时。

| 哭丧婆 |

母亲告诉我，婚丧嫁娶在老家是一件大事。老人去世，全家老小都要送葬。哭得必须伤心。怕有家人特别是不懂事的孩子把送葬当作"出游"，会特别雇一两位"哭丧婆"，她们收钱后专门替人哭。我母亲说哭丧婆哭得死去活来，在地上打滚，把全家老小招得都哭起来，有的小小孩是吓哭的，一直到下葬完了，回来路上哭丧婆还得再哭一回，回到家才算完事。清明祭扫时，为了增添悲伤的气氛，有钱人家也雇哭丧婆，招得全家老小跟着再伤心地哭一回。

"日暮狐狸眠冢上，夜归儿女笑灯前"，晚上回家后这顿饭照例非常丰富，先洒酒，请已去世的先祖先宗们吃，然后大家吃。孩子们这时早已忘掉了祭扫的悲伤，有说有笑地吃这顿难得的大餐。等祭扫的人一离开，坟地就是野狗狐狸的天下，它们来吃祭品，哪里还有什么尊严？

母亲长叹了口气，说老人父母在的时候孝顺一点，在外面工作读书的孩子常常回家看看父母，比什么都强。

还记得1960年我考上北京大学物理系，这在全校、全家、全里弄（小区）是大事。当时上海的学生能够到首都上大学是无上光荣的。我们复兴中学是上海市重点中学，高三一共六个毕业班，考上北大七人，考上北大"大物理系（物理、技术物理、地球物理、无线电系）"一共五人，最后分到物理系只有两人。记得高三（1）班共有五位同学考北大物理，他们都是学习尖子，数理化考得全对，可惜一位考上的都没有。那个年代，除了成绩，还有"政治条件"。

我考上北大物理系，全家都高兴，唯独母亲"喜极而泣"，快到我离开上海去北京报到的那几天，母亲每天帮我整理行李，却愁眉不展。我问她为什么，她说："古人云，父母在，不远游。你这一走，我就仿佛没有你这个儿子了。"到车站送行那天，老师和全班同学都到上海北火车站送我，母亲由我大弟陪去，她哭得泣不成声。同学老师都劝她，说你儿子有出息，应当高兴才对呀！我心里有一种说不出来的感觉，对母亲说以后每逢寒暑假一定回家，将来回上海工作。一直到列车徐徐开动，看着母亲渐渐模糊的身影，才勉励自己"好男儿志在四方"。

北大物理系功课太重，同学们几乎都是各省市高考状元。一年级放假我还回家，到二年级赵凯华先生讲物理光学，放假我就在学校复习做题不回家。三年级后四大力学数理方法一齐压上来，我连续几个假期不回家。毕业后留北京工作，只有结婚和出差回家。每次回到家里，母亲就拉着我的手细细地看我，不让我离开她。北京上海距离并不远，交通方便。2006年春节前我们公司正在开宴会，弟妹来电话："大哥，妈快不行了！"我让秘书订了最近的一趟班机回上海，母亲已经去世。一年后，也未能见到父亲的最后一面。

先贤把人生的悲欢离合都看透了："日暮狐狸眠冢上，夜归儿女笑灯前。人生有酒须当醉，一滴何曾到九泉。"

人走了就什么都不知道了。我想，我是一个不孝之子，陪伴父母的时间太少！做子女的，父母在世常常回去看看、陪伴父母就是大孝！

玉楼春·乌啼鹊噪昏乔木[1]

〔北宋〕苏　轼

乌啼鹊噪昏乔木[2]，清明寒食谁家哭。风吹旷野
纸钱飞，古墓垒垒春草绿。

棠梨花映白杨树[3]，尽是死生别离处。冥冥重泉
哭不闻[4]，萧萧暮雨人归去。

注释

[1] 原作前有小序，"与郭生游寒溪，主簿吴亮置酒，郭生
喜作挽歌，酒酣发声，坐为凄然。郭生言吾恨无佳词。
因为略改乐天《寒食》诗歌之，坐客有泣者，其词曰"，
云云。《花草粹编》认为这是首词，词牌为《玉楼春》
（或称《木兰花令》）。

[2] 昏：使动用法，乌鸦鹊鸟嘈杂鸣叫，站满枝头，使得
乔木都昏暗了。

[3] 棠梨：俗称野梨，树似梨而小，清明前后开出朵朵小
白花，正衬托慎终追远之意。

[4] 重泉：即九泉，死者所居之地。

野花载得满船归

评述

苏轼在黄州期间，为好友郭生写了这首诗。作者修改了白居易的《寒食野望吟》的头两句。白居易原诗的开篇是这样的："丘墟郭门外，寒食谁家哭。"苏轼并没有太多改变白诗的意境，只不过将原诗中描述性的郭门外改写成了鸦鹊嘈杂的乔木丛，为清明景象更添了一份悲凉。三四句写旷野之中的风吹起纸钱乱舞，垒垒坟冢上都是返青的杂草。五六句将视线拓展到周围的景物：野梨花映带着白杨树，烘托出一片肃杀气氛。最后两句则更令人悲伤：身在黄泉的死者却并不能听到人世间的哭声，祭扫的人倾诉感情之后，伴着潇潇暮雨，缓缓离去。

丨 清明寒食谁家哭 丨

清明例行扫墓。扫墓照理是悲哀的事。然而在外公年幼时，清明扫墓是一件无上的乐事。曾外公（外公的父亲）写了八首《扫墓竹枝词》，其中有：

> 别却春风又一年，梨花似雪柳如烟。家人预理上坟事，五日前头折纸钱。
> 风柔日丽艳阳天。老幼人人笑口开。三岁玉儿娇小甚，也教抱上画船来。
> 双双画桨荡轻波，一路春风笑语和。望见坟前堤岸上，松阴更比去年多。
> 壶榼纷陈拜跪忙，闲来坐憩树阴凉。村姑三五来窥看，中有谁家新嫁娘。
> 纸灰扬起满林风，杯酒空浇奠已终。却觅儿童归去也，红裳遥在菜花中。
> 解将锦缆趁斜晖，水上蜻蜓逐队飞。赢受一番春色足，野花载得满船归。

这里的"三岁玉儿"，就是外公，他的小名叫做"慈玉"。

外公在《清明》一文中详细而生动地记述了他童年时家里过清明节的情景。清明三天，外公家每天都去上坟。第一天寒食，上"杨庄坟"。一路上采桃花，偷新蚕豆，不亦乐乎。到了坟上，借一只桌子和两只条凳来，于是陈设祭品，依次跪拜。拜过之后，自由玩耍。有的吃甜麦塌饼，有的吃粽子，有的拔蚕豆梗来做笛子。蚕豆梗是方形的，在上面摘几个洞，作为笛孔。然后再摘一段豌豆梗来，装在笛的一端，笛便做成。指按笛孔，口吹豌豆梗，发音竟也悠扬可听。祭扫完毕，去还桌子凳子，照例送两个甜麦塌饼和一串粽子，作为酬谢。然后诸人一同在夕阳中回去。

正清明那天，上"大家坟"，就是去上同族公共的祖坟。坟共有五六处，须用两只船，整整上一天。同族共有五家，轮流作主。白天上坟，晚上吃上坟酒。小孩子尤其高兴，因为可以整天在乡下游玩，在草地上吃午饭。船里烧出来的饭菜，滋味特别好。因为，据老人们说，家里有灶君菩萨，把饭菜的好滋味先尝了去，而船里没有灶君菩萨，所以船里烧出来的饭菜滋味特别好。孩子们还有一件乐事，是抢鸡蛋吃。每到一个坟上，除供祖宗的一桌祭品以外，必定还有一只小匾，内设小鱼、小肉、鸡蛋、酒和香烛，是请地主吃的，叫做拜坟墓土地。孩子们中，谁先向坟墓土地叩头，谁就先抢得鸡蛋。外公说他难得抢到，觉得这鸡蛋的确比平常的好吃。上了一天坟回来，晚上是吃上坟酒。酒有四五桌，因为出嫁姑娘也都来吃。

第三天上"私房坟"。外公家的私房坟，又称为旗杆坟。去上的就是外公一家人、外公的父母和姐弟数人。吃了早中饭，雇一只客船，慢吞吞地荡去。水路五六里，不久就到。祭扫期间，附近三竺庵里的和尚来问讯，送些春笋。大家也到这庵里去玩，看见竹林很大，身入其中，不见天日。终年住在那市井尘嚣中的低小狭窄的百年老屋里，一朝来到乡村田野，感觉异常新鲜，心情特别快适，好似遨游五湖四海。因此外公姐弟们把清明扫墓当作无上的乐事。

外公在讲到这首《玉楼春》时说："乌啼鹊噪昏乔木，清明寒食谁家哭。"又说："佳节清明桃李笑，野田荒冢只生愁。"但扫墓人们借佛游春，孩子们却是"借墓游春"。

螃蟹咏（薛宝钗）^[1]

〔清〕曹雪芹

桂霭桐阴坐举觞^[2]，长安涎口盼重阳^[3]。

眼前道路无经纬，皮里春秋空黑黄^[4]。

酒未涤腥还用菊，性防积冷定须姜^[5]。

于今落釜成何益，月浦空余禾黍香^[6]。

......

注释

[1] 此诗出自《红楼梦》第三十八回，小说人物薛宝钗所作的诗。

[2] 霭：云气，指桂花香气。

[3] 长安涎口：京师的那些馋嘴王孙们。

[4] 皮里：指壳里，活蟹的壳内膏脂有黄、黑等颜色，诗人用"春秋"比喻颜色不同。"皮里春秋"的典故出自《晋书·褚裒传》，讲褚裒为人城府很深，表面不言，心存褒贬。

[5] 涤腥：解除腥气；蟹性寒，姜性热，能驱寒。

[6] 落釜：放在锅子煮。月浦：月色笼罩的水滨，指蟹生长之地。

......

评述

这首诗出自《红楼梦》，小说描写薛宝钗帮助史湘云设

秋飲黄花酒
子愷

东道，邀请大观园中众姊妹持螯赏桂，分韵赋诗。这首诗是宝玉、黛玉、宝钗歌咏螃蟹诗作中的一首，被众人誉为"食螃蟹绝唱"。诗歌表面的意思很简单：描绘了金秋时节都城中的老饕们流涎三尺，盼望吃到汁肥膏满的螃蟹。酒、菊和姜早就预备着来防备螃蟹给身体带来的可能伤害。吃罢膏蟹，曾经的蟹田月浦只留下禾黍香气。然而深层次却句句寓意人事，讽刺了那些"道路无经纬""皮里春秋"的小人。按照小说人物的话是："这些小题目，原要寓大意才算是大才，只是讽刺世人太毒了些。""眼前道路"两句是此诗的名句。世上的势利小人时常缺乏远见，看不清眼前道路，恣意胡为，胸中的那点算计也多是小聪明，到头来机关算尽太聪明，反误了卿卿性命。最后只是"落釜"成食，空余笑柄。

中秋食蟹

外公当了居士后基本上不吃荤，我记得他只是每天早晨喝牛奶时加一个鸡蛋。但有一项例外，就是外公爱吃蟹。中秋前后，阳澄湖的大闸蟹下来，晚饭时外公常常喝绍兴酒、吃蟹。外公吃蟹吃得非常干净，母亲说外公吃完的蟹壳重新拼起来，几乎能拼出一只完整的螃蟹。

我们常常和外公一起吃蟹。有一次大家称赞《红楼梦》中薛宝钗的《螃蟹咏》"眼前道路无经纬，皮里春秋空黑黄""酒未敌腥还用菊，性防积冷定须姜"，写得"入木三分"。

林黛玉也有一首《螃蟹诗》：

铁甲长戈死未忘，堆盘色相喜先尝。

螯封嫩玉双双满，壳凸红脂块块香。

多肉更怜卿八足，助情谁劝我千觞。

对斯佳品酬佳节，桂拂清风菊带霜。

和林黛玉的诗相比，觉得还是薛宝钗的诗更好些，正如《红楼梦》所写："众人看毕，都说这是食螃蟹绝唱，这些小题目，原要寓大意才算是大才，只是讽刺世人太毒了些。"母亲说，《螃蟹咏》是一首文笔犀利、内涵尖刻的讽刺诗。"眼前道路无经纬，皮里春秋空黑黄"所说的恰是那些不学无术、却横行霸道之辈。这首诗真不像是出于温和、娴静的淑女之手。

曾外公（外公的父亲）也喜欢吃蟹。曾外祖父丰鐄于

1901 年中举，由于中举后他的母亲亡故，根据清朝的规定，须先在家中"丁忧"三年才能封官。三年后辛亥革命科举废了，曾外祖父无所事事，每天吃酒、看书。他不吃牛、羊、猪肉，却喜欢吃蟹。特别是中秋赏月时，老人想必是十分伤感："年年岁岁望中秋，岁岁年年雾雨愁。凉月风光三夜好，老夫怀抱一生休。"

自七八月起直到冬天，曾外祖父平日的晚饭规定吃一只蟹，一碗隔壁豆腐店里买来的开锅热豆腐干。八仙桌上一盏洋油灯，一把紫砂酒壶，一只盛热豆腐干的碎瓷盖碗，一把水烟筒，一本书，桌子角上一只端坐的老猫。

外公又说，在他们老家，蟹就储藏在天井角落里的缸里，经常总养着十来只。到了七夕、七月半、中秋、重阳等节候上，缸里的蟹就满了，那时孩子们都有得吃。尤其是中秋那一天，兴致更浓。在深黄昏，移桌子到隔壁白场上的月光下去吃。更深人静，明月底下只有外公一家人，恰好围成一桌，此外只有一个供差使的红英坐在旁边。大家谈笑，看月亮。这才是：

中庭地白树栖鸦，冷露无声湿桂花。

今夜月明人尽望，不知秋思落谁家。

（王建《十五夜望月寄杜郎中》）

外公描写的曾外公喝酒吃蟹的场景，令我想起小时候在杭州里西湖静江路 85 号的情况，好像也是秋天，吃完晚饭我和小伙伴们到后山（葛岭）去找"打火石"，这是一种极硬的白色石块（应当是石英石），互相打击可以打出火花。等我拿着打火石回来，看见外公一个人在客厅饭桌上吃蟹，一个白色的大猫蹲在桌边上。这只猫叫"白象"，已在外公家很长时间，大家都喜欢。看见我拿了许多石头回家，外公问我是不是打火石，我说"是"。外公就叫全家人都到客厅来，关了灯看我用打火石打出火星来。记得大舅正好从美国回家探亲。第二天大舅给了小舅和我一些水晶石，他说是从地下挖出来的。

枫桥夜泊[1]

〔唐〕张 继

月落乌啼霜满天，江枫渔火对愁眠。[2]
姑苏城外寒山寺[3]，夜半钟声到客船。

....

注释

[1] 枫桥：在苏州阊门外。

[2] 江枫：一说是吴淞江边枫树，一说指江边桥和枫桥。

[3] 姑苏：指苏州。寒山寺：始建于南朝梁，因寒山法师
    驻此而得名。另说泛指四围寒山与寺院。

....

评述

　　张继，字懿孙，湖北襄阳人，盛唐诗人。他的《枫桥
夜泊》堪称唐诗中最脍炙人口的佳作。这首诗的创作背景与
张继这个人的生平经历我们不是很清楚，学界也有很多猜
想。一般认为该诗作于"安史之乱"以后张继避乱江南途
中，也有认为是落第之作。归根结底，大家讨论的是张继究
竟因何而"愁眠"。"对愁眠"三个字也是诗眼。诗人用落
月、乌啼、霜、江枫、渔火、钟声等意象连缀起来，以寒山
寺外客船为中心，营造了一幅秋冬寒意图，以凄凉萧索的夜
景烘托出诗人愁闷的心境。家国破碎也好，仕途受阻也罢，

一千三百年后都显得不那么重要。诗人为读者留下了他的深秋无眠，枯对江枫渔火，卧听寒山钟声的深切体验。这种体验与其说是个人的生命感怀，毋宁说是属于全人类的普遍愁眠。

| 落第诗 |

　　1957年我从复兴初中毕业，顺利考上复兴高中。当时复兴中学已经是上海市第一批重点中学，记得那年录取比例不过是三比一。但还是有几位初中同班同学虽学得不错，但没有考上复兴高中，他们中有和我一起演过话剧的邱励欧，还有徐非非、何亦婵、傅汉民等。我有点惆怅，就告诉了外公。外公听了说其实三比一是一个很高的录取率，又说现在有许多民办学校也不错，这些同学将来的前途未必比复兴毕业生差。邱励欧从复旦大学物理系毕业后去了美国，听说学术上很有成就，这是后话。

　　外公说，过去考上举人称"高中"，是全家、全村甚至全城的大事。因为中举的比例太低，许多有学问有能力的书生落第。唐代诗人张继落榜后，心情非常失落郁闷，便前往苏州散心，投宿于寒山寺旁的客船，随口吟出《枫桥夜泊》，竟成了千古绝唱；唐朝著名诗人贾岛也曾落第，却写出了《题李凝幽居》的名句：

> 闲居少邻并，草径入荒园。
> 鸟宿池边树，僧敲月下门。
> 过桥分野色，移石动云根。
> 暂去还来此，幽期不负言。

后人一说"推敲"便知贾岛，但知他落第者不多；明代唐寅也是落榜生，后来成了一位著名画家。外公又在小黑板上写下了几句"落第诗"：

也应有泪流知己，只觉无颜对俗人。

共说文章原有价，若论侥幸岂无人。

愁看童仆凄凉色，怕读亲友慰藉书。

亲朋共怅登程日，乡里先传下第名。

后来我看袁枚的《随园诗话》，读到了这些"落第诗"。

外公的父亲（曾外祖父）丰鐄字斛泉，是清朝光绪年间最后一科的举人。他的中举经历颇具故事性[1]。外公家在浙江桐乡石门湾，外公的祖父（我的太外祖父）开一爿丰同裕染坊，外公的祖母（太外祖母）读书识字。曾外公廿六七岁时就参与大比，就是考举人，三年一次，在杭州贡院中举行。太祖母临行叮嘱他："斛泉，到了杭州，勿再埋头用功，先去玩玩西湖。胸襟开朗，文章自然生色。"太外婆一方面旷达，一方面非常好强。曾经对人说："坟上不立旗杆，我是不去的。"那时定例：中了举人，祖坟上可以立两个旗杆。中了举人，不但家族亲戚都体面，连已死的祖宗也光荣。

每次考毕回家，在家静候福音，过了中秋消息沉沉，便确定这次没有考中，只得再在家里饮酒、看书、进修三年，再去大比。这样地过了三次，太外婆日渐年老，经常卧病。曾外公三十六岁那年考毕回家，中秋过后，正是发榜的时候，染店里的管账先生"麻子三大伯"在南高桥上站了一会，看见一只快船驶来，锣声喤喤不绝。他就问："谁中了？"船上人说："丰鐄，丰鐄!"

麻子三大伯跑回来，闯进店里，口中大喊："斛泉中

---

[1]　丰子恺：《中举人》，见丰陈宝，丰一吟编：《丰子恺文集》（文学卷二），第676页，浙江文艺出版社，浙江教育出版社，1992。

了！斛泉中了！"话音未落，报事船已经转进后河，锣声敲到家里来了，门外一片叫喊："丰鐄接诰封！丰鐄接诰封！"一大群人跟了进来。外公的祖母闻讯，也扶病起床。于是在厅上向北设张桌子，点起香烛，等候新老爷来拜北阙。麻子三大伯跑到市里，看见哪家有糕团、粽子（"高中"的谐音）就"一撸"，也来不及给钱，拿回来招待客人，邻居们乐得讨好新科举人。外公的父亲戴了红缨帽，穿了外套，向北三跪九叩，然后开诰封。报事人取出"金花"来，插在他头上，又插在太祖母和曾祖母头上。这金花是纸做的。据说皇帝发下的时候，是真金的，经过人手，换了银花，再换了铜花，最后换了纸花。当时外公家里挤满了人，因为数十年来石门湾不曾出过举人，所以这一次特别稀奇。外公年方四岁，由奶妈抱着，挤在人丛中看热闹。报单用红纸写道："喜报贵府老爷丰鐄高中庚子辛丑恩政并科第八十七名举人。"当时家就举行"开贺"。房子狭窄，把灶头拆掉，全部粉饰，挂灯，结彩。附近各县知事、达官贵人，以及远近亲友都来贺喜，并送贺仪"高攀"，吃"跑马桌"（即"流水桌"）。

想不到太外婆经过这番兴奋，终于病势日渐沉重起来。外公的父亲连忙在祖坟上立旗杆。不多久，太外祖母病危了，弥留时问儿子："坟上旗杆立好了吗？"回答："立好了。"太外婆含笑而逝。曾外公拿一叠纸照在她紧闭的眼前，含泪说道："妈，我还没有把文章给你看过。"其声呜咽，闻者下泪，这是曾外公考中举人的文章，那时已不用八股文而用"策论"，题目是《汉宣帝信赏必罚，综核名实论》和《唐太宗盟突厥于便桥，宋真宗盟契丹于澶州论》。

由于母亲去世，报了"丁忧"，守灵三年不能做官。不久发生辛亥革命，曾外公于四十二岁去世，终于未能当上进士。

　　我考上北大后，有一次随我的二舅丰元草（人民音乐出版社高级编辑）到国子监参观，二舅告诉我，原来国子监内有一块石碑上铭刻着清朝历代举人的名字，丰鐄也名列其中，历经战乱和政治变迁，这块碑刻不知是否还在。

赠猫诗二首

〔南宋〕陆 游

其一

裹盐迎得小狸奴[1]，尽护山房万卷书。

惭愧家贫策勋薄[2]，寒无毡坐食无鱼[3]。

其二

执鼠无功元不劾[4]，一箪鱼饭以时来[5]。

看君终日常安卧，何事纷纷去又回？

......

注释

[1] 狸奴：猫。宋代吴人习俗，养猫如纳妾，用盐作聘礼给母猫主人以表郑重。吴音读盐为缘，因而下聘用盐，以示有缘。

[2] 策勋：纪功于功劳簿。

[3] 寒无毡：杜甫诗有"坐官寒无毡"之句，颂郑虔居官清廉。食无鱼：战国时齐国冯谖客孟尝君，歌曰："长铗归来乎，食无鱼。"

[4] 劾：弹劾。

[5] 一箪鱼饭：箪，盛饭的器皿。

......

评述

猫与人类相伴几千年，和谐共处，催生了如陆游、丰

子恺这样的名士"猫奴",传为佳话。陆游写过数首《赠猫诗》,这是其中的两首。说来巧合,陆游诗中的小狸奴与丰子恺先生家的白象一样,都是晚年才到他们家的。南宋淳熙十年（1183）,陆游五十九岁家居,以盐作为"聘礼",领回了这只可爱的狸奴。狸奴在陆游家中担负起了看护书卷、防范鼠患的重任,尽职尽责,使得诗人惭愧自己的功劳簿太轻了,家贫无毡又无鱼,无法给猫很好的温饱。但日子一长,养的猫多了,也就有不尽职尽责的了。在嘉定二年（1209）陆游临终前不久写下的《赠猫诗》中,他就谴责了他当时养的猫只知吃鱼、不知捕鼠的行为,可能隐含着对当时当权者尸位素餐,不知恢复中原的讽刺与挞伐。可以说,陆游与猫的感情深挚而真诚,贯穿他大半闲居在家的晚年生活。

外公家的大猫——白象

　　记得那年我看《七侠五义》，大宋皇帝封南侠展昭为"御猫"，我问外公古人是否有讲猫的诗词。外公说了几首，其中就有陆游的两首《赠猫诗》，这令我想起外公家的那只大猫——"白象"。

　　白象原是我家的爱猫，是从邻居段老太太家要过来的。

　　抗战初兵荒马乱，段老太太居然带了白象逃难到大后方。胜利后，又带了它复员到上海。我记得好像段老太太要外出一段时间，就把白象和它的独子小白象寄交我家，成了我们的爱猫。外公到上海，父母知道外公爱猫，又把白象给了外公，外公坐火车"西湖号"把它带回杭州①，变成了外公家的爱猫。

　　白象真是可爱的猫！不但为了它浑身雪白，伟大如象，又为了它的眼睛一黄一蓝，叫做"日月眼"，又称"阴阳眼"。它从太阳光里走来的时候，瞳孔细得几乎没有，两眼竟像话剧舞台上所装置的两只光色不同的电灯，见者无不惊奇赞叹。收电灯费的人看见了它，几乎忘记拿钞票；查户口的警察看见了它，也暂时不查了。

　　白象到外公家后，段老太太已迁居他处，但常常来我家访问小白象，目的是探问白象的近况。

　　当时大姨在浙大教书，二姨在浙大附中教书，小姨在里西湖对面孤山脚下的杭州艺专读书，她们回家一坐倒，白象就跳

---

① 当时从上海到杭州的铁路有一趟两节的豪华内燃列车，称"西湖号"。到南京的称"金陵号"。

到她们的膝上、肩上，老实不客气地蹲着，甚至睡了。她们不忍拒绝，就坐着不动，向人要茶，要水，要换鞋，要报看。有时工人不在身边，外婆就当听差，送茶，送水，送鞋，送报。

白象也是我的宠物，晚上常常睡在我身边。白天我坐在台阶上看过往的汽车黄包车，白象就过来偎依在我身边，让我抚摸它的长毛，它眼睛眯成一条线，嘴里发出呼噜呼噜的声音。大孩子一过来，白象立刻起身跃下台阶，几个矫捷的孩子都捉不住它。

白象俨然是静江路的明星，周围邻居、孩子们和湖边警察局的警员们都认识它。有时窜上警察局的房子，一转眼上了我家后门的大树，又从高墙上蹦下来。每天它在马路上车流中穿来窜去，如入无人之境。

有一次白象到招贤寺，正好寺里在做什么佛事，白象和寺里的一只猫追逐嬉戏，突然蹦到供桌上，把一个盘子打翻掉在地下碎成几片，供品也撒了一地。几个和尚抄起棍子，一面骂，一面追打白象，寺里那只猫却蹲在一边看热闹。只见白象一纵身上了招贤寺的墙。这时老和尚慢慢出来，双手合十，喃喃地念着什么。不知他是不是在念：

"阿弥陀佛，跳出三界外，不在五行中！"

孩子们都笑着起哄，平时我们来寺里玩耍、打李子，常常被和尚们追打。

有一天，白象不见了，遍寻不得，正在担忧，它偕同一只斑花猫悄悄地回来了，大家惊喜。女工秀英说，这是招贤寺里的雄猫，说过笑起来。原来它是到和尚寺里去找恋人去了，害得外公全家急死。

约摸两三个月之后，白象一胎五子，生了三只雪白的、两只斑花的，大家称庆。小猫日长夜大，两星期之后，都会爬动。不料有一天，一只小花猫死了。小舅丰新枚哭了一场，拿一条美丽牌香烟的匣子，当作棺材，给它成殓，葬在西湖边的草地中。余下的四只，就特别爱惜。当时外公家全家爱猫，就把四只小猫分领，各认一只。大姨领了花猫，二姨、小姨、小舅各领一只白猫。

有一天，白象不回来吃中饭。"难道又到和尚寺里去找恋人了？"大家疑问。等到天黑，终于不回来。秀英当夜到寺里去寻，不见。明天，又不回来。问题严重起来，外公居然就写两张海报："寻猫：敝处走失日月眼大白猫一只。如有仁人君子觅得送还，奉酬法币十万元。储款以待，决不食言。××路××号谨启。"过了两天，有邻人来言："前几天看见一大白猫死在地藏庵与复性书院之间的水沼里。"邻家的孩子曾经看见一只大白猫死在水沼里的大柳树根上。孩子不会说谎，此说大约可靠。听说猫不肯死在家里，自知临命终了，必远行至无人处，然后辞世。外公颇赞美这"猫性"有壮士风，不愿死户牖下儿女之手中，而情愿战死沙场，马革裹尸。这又有高士风，不愿病死在床上，而情愿遁迹深山，不知所终。

白象失踪时我们正在上海，第二天，我和母亲就从上海来杭，一到先问白象。骤闻噩耗，惊惶失色。因为母亲是受了段老太太之托，此番来杭将把白象带回上海，重归旧主的。相差一天，天缘何悭！所幸它还有三个遗孤，虽非日月眼，而壮健活泼，足以承继血统。为防损失，外公特把一匹小花猫寄交好友家。其余两匹小白猫，常在外公的身边。每逢外公架起了脚看报或吃酒的时候，它们爬到外公的两只脚上，一高一低，一动一静，别人看见了都要笑。外公倒已经习以为常，似觉一坐下来，脚上天生成有两只小猫的。

七绝·赏阿里山风景照[1]

〔近代〕丰子恺

云海晨曦日出东，飞烟细逐入苍穹[2]。

玉山顶上高凝眺[3]，阿里风情醉客中。

....

注释

[1] 阿里山：位于我国台湾省的嘉义县，著名风景名胜。

[2] 飞烟：阿里山地处亚热带，山间水汽充沛，常有云海，
烟云飞腾。

[3] 玉山：位于我国台湾省中部，海拔3952米，是中国东
部地区最高峰。

....

评述

　　祖国宝岛台湾风光秀美，四季宜人。二十世纪四十年代
丰子恺先生曾应邀到台湾岛做客，与当地文化界人士广泛交
流，在电台讲《中国艺术》，可称抗战胜利后台湾文化界的
一件盛事。由于亲自登临阿里山，观看云海日出，了解高山
族人民的生活，丰子恺先生的这首《七绝》写得情感充沛，
给人身临其境之感：苍茫云海笼罩在群山之间，一抹晨曦忽
然越出东方，飞烟轻盈地直入苍穹。诗人站立在中国东南第
一高峰的玉山之巅凝望四野，雄浑辽阔的自然风物给人以视

听的冲击。更为迷人的是阿里山中少数民族人民的淳朴民风与热情款待。诗人陶醉于大好河山之间，流连徜徉。再回看诗题"赏阿里山风景照"，原来这首诗并不是游历台湾时候所作，而是回到大陆之后偶然翻看照片的回忆诗篇。

莫言千顷白云好，下有人间万斛愁

2011年我在大恒集团工作时，难得抽出空来，和妻子王丽君、大学同学卢迁、梅娅同游台湾，到阿里山观云海，到日月潭赏湖光山色，想起当年外公和小姨游台湾的往事。

1948年，开明书店老板章雪琛邀请外公和小姨丰一吟赴台湾看看宝岛，并参观开明书店台湾分店。当时大陆政治日渐腐败，民不聊生，外公也曾萌生到台湾安家的念头。外公一行先到阿里山观云海，在阿里山访问了高山族，跟二公主合影。后来外公画了一幅著名的画《莫言千顷白云好，下有人间万斛愁——战时登阿里山观云海》，当时正值解放战争时期，外公不是政治家，尽管抗战时期外公曾用他那"五寸不烂之笔"讨伐日寇，但对国内政治却完全不了解，一度萌生了到台湾安家的念头。

在台湾，有两件事让外公感觉不爽：在饭店里，女招待只讲闽南话，听不懂普通话。后来外公灵机一动讲日语，女招待竟对答如流，想不到在自己国家的土地上，竟然要借日语来交流！

此外，这里买不到绍兴黄酒。外公一生，诗和酒这两件事一天也离不开，这酒还必须是绍兴酒，但在台湾没有绍兴酒，只有米酒和"红露酒"，外公喝不惯！钱歌川先生来台湾时带了一坛绍兴酒，听说此事立刻把绍兴酒送来；外公的学生胡治均听说后专门托朋友从上海送去两坛"太雕"黄酒，外公大喜过望，在开明书店举办"绍酒宴"，让江南过来的朋友大过其瘾。

外公在台湾盘桓了五十余天，应邀在台北电台讲了一次

"中国艺术"，在中山堂办了一次画展后，决定不在台湾定居，回到厦门。不久又回上海，迎接上海解放[1]。

外公的画《莫言千顷白云好，下有人间万斛愁》画得非常好，大家都欣赏，只是后面"战时登阿里山观云海"在政治上有"立场不明确"之嫌，可能为了避免麻烦，外公就把画题改为《白云千顷，峰峦秀美。此去人间，知是几里》，意境更加高远。小姨家的客厅，就挂着她画的这幅"仿丰画"。

[1] 丰一吟：《爸爸丰子恺》，第244页，中国青年出版社，2014。

三

日月楼中日月长

满庭芳·促织儿

〔南宋〕张功甫

月洗高梧，露溥幽草[1]，宝钗楼外秋深。土花沿翠，萤火坠墙阴。静听寒声断续，微韵转、凄咽悲沉。争求侣，殷勤劝织，促破晓机心。

儿时曾记得，呼灯灌穴，敛步随音[2]。满身花影，犹自追寻。携向画堂戏斗，亭台小、笼巧妆金。今休说，从渠床下，凉夜伴孤吟。

....

注释

[1] 溥（tuán）：露水盛多。

[2] 敛：收拢，放缓。

....

评述

　　张功甫（1153—1212），名镃，字功甫，一字时可，号约斋，南宋临安（今浙江杭州）人。南宋抗金名将张俊曾孙，官至奉议郎、直秘阁。诗文俱擅，与尤袤、杨万里、姜夔交好。著有《南湖集》等。杨万里《诚斋诗话》评其诗"写物之工，绝似晚唐"。上阕以深秋楼外，皎洁月光、夜晚浓露摹状时地远景，又因蟋蟀在寒夜的凄咽悲沉声响，将镜

头从远处拉过来，靠近墙根，有那么星点几只萤火虫，时飞时住。它们似乎是在为求伴侣而鸣，又像是在殷勤地劝说织布，念念叨叨，直到破晓。下阕闻声感物，勾起旧时记忆，提着灯笼蹑手蹑脚，随那声音而去，端水向蟋蟀的洞穴灌下。任凭花影满身摇曳，仍沉醉其中，暗自指追寻。抓那么三两只，拿到画堂里去斗，亭台小巧，蛐蛐笼装扮精美。而今休说，凉爽的夜晚在床下孤寂相伴低吟。作者不但能诗，这首词写物之工，也让人钦羡，远近景致，感物情绪，收放自如。坠、促、呼、敛、携等字，摹状动作，惟妙惟肖。

| 捉蟋蟀 |

我上小学时，平时作业不多。那时我住在上海"新乐村"小区，上海人称"弄堂"。一到秋天，墙缝里、草坪中就会传来蟋蟀（北方叫蛐蛐）的鸣叫声，晚上邻居小伙伴们常常一起抓蟋蟀。

张功甫的《满庭芳》写得非常传神："儿时曾记得，呼灯灌穴，敛步随音。满身花影，犹自追寻。"我们先听到蟋蟀的叫声，点着蜡烛或拿手电，轻轻地一步步趋近，"敛步随音"，如果是月夜，身上总会留下月季花、牵牛花的花影。蟋蟀身上大约有红外线或别的什么传感器，人一走近就不叫了，于是就耐心等待，一直到找到蟋蟀的准确位置。如果蟋蟀藏在墙缝里就用水灌；如果藏在草丛中就用"蟋蟀网"或用手抓捕，抓到后放在"蟋蟀罐"里。孩子们用抓到的蟋蟀互相斗，弄堂里哪个孩子抓到好的蟋蟀，算是一件大事。听弄堂里的哥哥们说，一等好的蟋蟀平时立在蛇头上，就叫"蛇蟋蟀"；二等的立在蜈蚣的头上，叫"蜈蚣蟋蟀"；三等的立在鸡的头上，叫"鸡蟋蟀"。品相好（所谓"全须全尾"）、又善斗的蟋蟀价格不菲。

弄堂里的小朋友们还有个规矩：哪位孩子第一次听到某处一只蟋蟀鸣叫，他立刻向大家宣布，如果没有争议，他就有先抓的权利。如果他抓不到，别的小朋友才可以去抓。

有一年我一直没有抓到好的蟋蟀，向母亲要了二角钱到蟋蟀店里去买了一个好的。卖家说："格只小虫卖相勿大好，斗起来蛮结棍。"（上海方言：这只小虫品相不大好，斗起来很厉害。）

　　回家后和小伙伴们斗蟋蟀，果然"打遍天下无敌手"。有个小哥哥有只"红头大王"，原来在弄堂里称霸。听说我有好的虫子，就拿来和我的蟋蟀斗了好多回合，最后我的蟋蟀用牙咬着"红头大王"把它摔出蟋蟀罐，周围的小伙伴们都欢呼起来。那个红头大王从此不"开牙"，不再斗。好的蟋蟀斗败一次就从此不开牙，差的蟋蟀斗败了缓几天还会开牙。

　　这是我儿时得到的最好的蟋蟀。入冬后我把蟋蟀罐放在火炉边上，希望它能过冬，但最后还是死了，我难过了好几天。

　　有一次我和母亲一起去外公家，我向外公讲起蟋蟀的故事，外公说他小时候也和小伙伴们玩蟋蟀："有时做梦跟邻家的小朋友去捉蟋蟀，次日就去问他讨蟋蟀来看。"外公说，古人常以蟋蟀为题写诗词，他给我讲了张功甫的《满庭芳》，又给我讲张功甫和著名词客姜夔的轶事。在《白石道人歌曲》中，姜白石写道："丙辰岁，与张功甫会饮张达可之堂，闻屋壁间，蟋蟀有声。功甫约余同赋，以授歌者。功甫先成，词甚美，予裴回末利间，仰见秋月，顿起幽思，寻亦得此。蟋蟀，中都呼为促织，善斗。好事者或以二三十万钱致一枚，镂象齿为镂观以贮之。"外公同时教我姜夔的词《齐天乐·蟋蟀》：

　　　　庾郎先自吟愁赋，凄凄更闻私语。露湿铜铺，苔侵石井，都是曾听伊处。哀音似诉，正思妇无眠，起寻机杼。曲曲屏山，夜凉独自甚情绪。

　　　　西窗又吹暗雨，为谁频断续，相和砧杵。候馆迎秋，离宫吊月，别有伤心无数。幽诗漫与，笑篱落呼灯，世间儿女，写入琴丝，一声声最苦。

母亲说，姜夔这首词讲到蟋蟀的话语并不多，主要写听蟋蟀叫的思妇，最后三句由蟋蟀写到小儿女之乐，反衬出思妇之苦。

大诗人陆游曾在驿站看到一首题在墙壁上的诗：

玉阶蟋蟀闹清夜，今井梧桐辞故枝。
一枕凄凉眠不得，呼灯起作感秋诗。

一打听是驿卒的女儿写的，写得太过动情，据说陆游娶此女为妾。母亲还说早在《诗经》中就有"七月在野，八月在宇，九月在户，十月蟋蟀入我床下"的诗句。外公说起宋朝徽、钦二帝都爱蟋蟀，山东的蟋蟀好，不少地方官员以蟋蟀进贡。后来连馆娃宫女都喜欢蟋蟀，"梳绿鬟，整青鬟，斗将蟋蟀凭栏杆"（吴棠桢）。有些地方则以斗蟋蟀下赌注，动辄赢房子赢地，也有为小虫输得倾家荡产的。

现在小区秋天也常听见蟋蟀鸣叫，"玉阶蟋蟀闹清夜"，但孩子们不玩蟋蟀了，他们的业余时间都安排满了，各种培训班，学奥数、学外语、弹钢琴、学跆拳道、学书法、学画画，再也没有孩子去留意这种好斗的小虫。

望蓟门[1]

〔唐〕祖 咏

燕台一去客心惊[2]，笳鼓喧喧汉将营[3]。

万里寒光生积雪，三边曙色动危旌[4]。

沙场烽火连胡月，海畔云山拥蓟城。

少小虽非投笔吏[5]，论功还欲请长缨[6]。

注释

[1] 蓟门：指土门关，位于北京城北，"燕京八景"中有"蓟门烟树"，唐代属范阳道，屯有重兵。

[2] 燕台：战国时燕昭王所筑的黄金台，诗中代指燕地，泛指平卢、范阳一带。

[3] 笳：是汉代流行于塞北的一种类似笛子的管乐器，这里代指号角。

[4] 三边：一般指幽州、并州和凉州等地域，泛指唐代的东北、北方和西北等边防地区。危旌：高悬的旗帜。

[5] 投笔吏：东汉班超年少时做过抄写文书的小吏，后来立志投笔从戎，立功西域，被封为定远侯。

[6] 请长缨：西汉武帝时期，终军年才弱冠，就向汉武帝请求："愿受长缨，必羁南越王而致之阙下。"

马革裹尸真壮士
阳关莫作断肠声

评述

祖咏（699—746？），洛阳人。玄宗开元进士，与王维、储光羲友善。因为有在河北一带为官游宦的经历，他的这首边塞诗显得情真意切，感慨深沉。全诗围绕一个"望"字来写，突出离别幽燕之地后，诗人对于边塞的回望与报国情怀的寄托。开篇即写诗人离开燕地，心中时时震动，仿佛仍能听到汉军营内标志性的笳鼓喧腾。颔联与颈联写景，却各有侧重：颔联描绘蓟门一带寒冬的景况：积雪堆叠，万里北疆寒光闪耀，高悬的旗帜在寒风中拂动，边塞沉浸在一片朝阳之中，冷色调的对比衬托出防备的森严与军容严整。颈联视野更为宏大，将汉胡交界的广大地域都纳入到诗里，并且点明了蓟城依山傍海的险要地势，突出了蓟门在唐军北方战线的核心地位。尾联诗人连用两个典故：班超投笔从戎和终军请缨缚南越王，正面申明自己的立场：立志报效国家，立功边塞。整首诗景物描摹壮阔雄浑，情感抒发真切自然，是唐人边塞诗的上佳之作。

杨家将

我们全家喜欢京剧，老生戏看得多的是三国戏，还有杨家将的戏。外公说，抗战期间，重庆常演杨家将的戏，演《洪洋洞》《碰碑》，演薛金莲、樊梨花，演《抗金兵》等戏，戏院里用彩笔刷上了各种标语，如"女子要学花木兰、梁红玉，男人要学岳武穆"！鼓励大家参军抗日杀敌，当时大批年轻男女学生参军，号称"十万青年十万兵"。抗战时期外公有本画集叫《战时相》，收入《任他霹雳眉边过，谈笑依然不转睛》《自写岳王词在壁，从头收拾旧山河》等漫画。

我读初二时，外公曾教我祖咏的七律，外公说这是一首"边塞诗"，古代中原地区经常遭受北方游牧民族的侵扰，例如汉代的匈奴，宋朝以后的辽、金、蒙古、满清。抗战期间日本侵略军也是首先从东北方打过长城。外公随口又吟诵了几首边塞诗：

葡萄美酒夜光杯，欲饮琵琶马上催。醉卧沙场君莫笑，古来征战几人回？　　　　　（王翰《凉州词》）

秦时明月汉时关，万里长征人未还。但使龙城飞将在，不教胡马度阴山。　　　　　（王昌龄《出塞》）

军歌应唱大刀环，誓灭胡奴出玉关。只解沙场为国死，何须马革裹尸还。　　　　　（徐锡麟《出塞》）

回乐峰前沙似雪，受降城外月如霜。不知何处吹芦管，一夜征人尽望乡。

（李益《夜上受降城闻笛》）　　151

那天我们谈起当年杨家将抗辽的故事，记得当晚小姨丰一吟就带我到上海天蟾舞台去看杨宝森的《李陵碑·审潘洪》。这段京剧取材于《杨家将演义》，写的是北宋时期潘仁美（潘洪）挂帅出征辽国，令杨业（杨老令公）父子为先锋。出征后潘仁美故意不发援兵，致使杨老令公身陷绝境，碰"李陵碑"壮烈殉国的故事。这才是"马革裹尸真壮士，阳关莫作断肠声"。近年来不断有人为潘仁美翻案，说他也是主战派，地位和贡献都在杨老令公之上，这是后话。

我就此成了京剧迷，跟小姨丰一吟一起，曾看过马连良、谭富英、张君秋、裘盛戎、李少春、杜近芳等著名演员演的《龙凤呈祥》《大保国·探皇陵·二进宫》《失街亭·空城计·斩马谡》《游龙戏凤》《林冲夜奔》《桃花扇》等名剧。高三毕业考前夜，我居然去看梅兰芳演的《宇宙锋》，幸而复习得好，毕业考仍然考出高分。进北大后就参加了北京大学京剧团拉京二胡。近年来又常参加北京大学"燕南"京剧社的演出。

北京郊区有不少与杨家将有关的地名，例如"六郎庄""点将台""焦赞峪""打子营""摞子台"（以后改成"了思台"）、"挂甲屯"等，无声地记叙着当年杨家将和辽军斗争的往事。

水调歌头·平生太湖上

〔宋〕无名氏

平生太湖上[1]，短棹几经过[2]。如今重到何事？愁与水云多。拟把匣中长剑，换取扁舟一叶，归去老渔蓑。银艾非吾事[3]，丘壑已蹉跎[4]。

脍新鲈，斟美酒，起悲歌。太平生长，岂谓今日识干戈？欲泻三江雪浪，净洗边尘千里，不为挽天河！回首望霄汉[5]，双泪堕清波。

························

注释

[1] 太湖：横跨江、浙二省，流入长江。烟波浩渺，古来多称胜景。

[2] 棹（zhào）：划船的工具，形状似桨。

[3] 银艾：银印及绿绶，喻高官。

[4] 蹉跎：参差不齐貌。

[5] 霄汉：天河，比喻京都附近或帝王左右。

························

评述

　　据曾敏行《独醒杂志》记载，南宋绍兴中（1131—1162），吴江长桥题有该词，不题姓氏。此词后来传到宫中，秦桧命人张贴黄榜寻找此人，也没有找到。有人说作者是一位隐士。《中吴纪闻》也记载了这首词，说这首词作于建炎四年（1130）。当时金兵不断扰乱江南，南宋朝廷无计可施，多次求和。这首词字里行间无不透露着作者对统治者的斥责和无奈。上阕围绕"愁"字展开，回顾平生，审视今事，忧愁愤懑多如水云，还不如拿我那匣中长剑，去换一叶扁舟，从此归隐。仕途经济本不是我心里能装下的事，眼前丘壑参差，心也牵绊。下阕用张翰旧典，脍鲈鱼、斟美酒，狂呼悲歌。长于盛世，却没有料到会遭逢战争之苦。我要把那三江雪浪泻尽，来洗净边塞的烟尘。回望京都，想到朝廷求和，怎能不伤心垂泪呢！

❙ 平生太湖上和生死恨 ❙

有一次全家游太湖，大家谈起北宋"靖康之耻"，高宗南渡定都临安，一开始形势还不错，有一批抗金名将刘光世、韩世忠、岳飞等。岳飞挥师北伐，先后收复郑州、洛阳等地，于郾城、颍昌、朱仙镇大败金军。宋高宗、秦桧却一意求和，以十二道"金牌"下令退兵，岳飞被迫班师。岳飞壮志未酬，写下了《满江红·登黄鹤楼有感》：

> 遥望中原，荒烟外，许多城郭。想当年、花遮柳护，凤楼龙阁。万岁山前珠翠绕，蓬壶殿里笙歌作。到而今，铁骑满郊畿，风尘恶。
>
> 兵安在，膏锋锷。民安在，填沟壑。叹江山如故，千村寥落。何日请缨提锐旅，一鞭直渡清河洛。却归来、再续汉阳游，骑黄鹤。

当年岳飞意气风发，"抬望眼，仰天长啸"，并踌躇满志，写下"驾长车，踏破贺兰山缺"的《满江红》，宣誓"直抵黄龙府，与诸君痛饮耳"！不过此时此刻，岳飞的心情沉重，词风也完全变了。但他对高宗还存有一丝希望，让他再次带兵北上破敌。

在宋金议和过程中，岳飞遭受秦桧等人的诬陷，被捕入狱。后来岳飞以"莫须有"的"谋反"罪名，与长子岳云、部将张宪在风波亭被害。一代抗金名将未能战死沙场、马革裹尸，却冤死在投降派的狱中。从此后南宋朝廷偏安一隅，胡骑数度南窥，侵扰江南，劫掠两浙。

当年有人在吴江长桥上题《水调歌头》"平生太湖上"，表达了悲愤、沉痛的感受，但未题姓名。这首词后来传入禁中（宫中），高宗传旨遍访其人，秦桧也请高宗下皇榜招之，但词作者始终未接旨。外公说，这首词很悲壮，写得很好，可能是岳飞旧部，或主战派的文人写的。词作者冷眼旁观了岳飞父子风波亭被害，深知如果进宫，必然被秦桧陷害，所以不接旨。

当晚在苏州晚餐，小姨说有一出京剧名段《抗金兵》，描写韩世忠在黄天荡大败金兀术，夫人梁红玉亲自擂鼓助威。据《说岳全传》，金兀术被困，几乎全军覆没，后来专门拜访了一位老道，老道写了一首诗，把四句诗的第一个字连起来，是"老鹳河走"。金兀术听信了老道暗示，率残兵败将从老鹳河侥幸逃脱。这估计是演义了。

"七七事变"前，北京风声已经很紧，梅兰芳先生听从朋友的劝告，从北京迁居上海，演出《抗金兵》。戏演的虽然是抗金，实质是号召全面抗战。接着又重新排演《生死恨》，描写女俘的悲惨遭遇，唱词中有"说什么花好月圆人亦寿，山河万里几多愁，金酋铁骑豺狼寇，他那里饮马黄河血染流，尝胆卧薪权忍受，从来项不低头，思悠悠来恨悠悠，故国月明在哪一州"，真是字字泣血，句句伤痕。

这两部戏演出后，上海百姓压抑已久的爱国热情迸发，台上台下心同此激情，首演的三场，上海天蟾舞台座无虚席，"山河万里几多愁"成了沪上百姓的绕梁之音，挥之不绝。1936年2月，上海社会局日本顾问黑木以非常时期编演新戏必须接受艺术审查为名，实施干预。梅兰芳移至南京大华戏院，再演三场，社会上一票难求，抢购戏票的人把票房的门窗玻璃都挤碎了。

从苏州回到上海后，小姨专门请梅兰芳先生的琴师倪秋平（也是我的胡琴启蒙老师）到家里来，小姨唱《生死恨》，请倪先生伴奏那段著名的二黄导板转慢板："耳边厢又听得初更鼓响，思想起当年事好不悲伤……"

长干行二首[1]

〔唐〕崔 颢

君家何处住？妾住在横塘[2]。
停船暂借问，或恐是同乡。

家临九江水，来去九江侧[3]。
同是长干人，生小不相识。

注释

[1] 长干行：乐府曲名，初指流行于南京附近长干一带的
民歌。
[2] 横塘：古地名，在今南京江宁。
[3] 九江：本指长江浔阳段，泛指长江。

评述

　　崔颢，盛唐大诗人，汴州人，代表作《黄鹤楼》，有
《崔颢集》。《长干行》是乐府曲名。崔颢的这首诗捕捉到江
南日常生活中两个富有戏剧性的画面。前四句描绘了一个妙
龄女子大胆而机智地与临船男子搭讪的场景。诗人省略掉叙
述性的内容，只截取了女子的问话："您是哪里人，我是横塘
的。"连答语都省略了，突出问话女子的率真和憨直。仿佛

是看到了临船君子错愕的表情，女子补充说明道："我停下船借问一句，也许我们是同乡吧?"临船君子如何回答，周围人什么反应，都不重要了。诗人用二十个字将女子的性情与气质烘托了出来，令人拍案叫绝。后四句仿佛是前诗的继续：两人相识后共叙家常。两家都住在九江边，在浔阳江畔来来去去了千百回，我们都是长干人，竟然从来没有相识过，相见恨晚之情，表露无遗。

| 游庐山记（上） |

　　我在复兴中学读初二那年暑假，外公和小姨丰一吟译完了苏联柯罗连科的长篇小说《我的同时代人的故事》第一卷后，全家五人：外公、外婆、小姨、小舅和我去庐山旅游，外公曾写过三篇《庐山游记》。记得我去外公家时，小姨正在翻译，但已经心不在焉，不断打听九江的船票，我和小舅也跟着兴奋至极，我还是第一次坐江轮。最后定下乘坐“江新轮”。

　　我们在船上包了顶层三个一等舱的房间，外婆和小姨住一间，我和小舅住一间，外公和一位工程师住一间。从壁上的照片中看到：这轮船原在解放初时被敌机炸沉，后来捞起重修，不久以前才复航的。一张照片上是刚刚捞起的破碎不全的船壳，另一张照片上是重修竣工后的崭新的“江新轮”。

　　小舅带着他的捷克制的手风琴，在云山苍苍、江水泱泱的环境中奏起悠扬的曲调来，真有“高山流水”之概。我则趴在栏杆上欣赏轮船激起的白色浪花，还有一些随着船飞翔的小鸟。

　　轮船第一站停靠南京，停船时间大约半小时。到南京前，我们就在议论六朝、三国、春秋吴越的阖闾、夫差、孙权、周郎、梁武帝、陈后主，吟诵有关这个六朝古都的诗词：

　　千里莺啼绿映红，水村山郭酒旗风。南朝四百八十寺，
多少楼台烟雨中。　　　　　　　　（杜牧《江南春》）
　　烟笼寒水月笼沙，夜泊秦淮近酒家。商女不知亡国恨，
隔江犹唱后庭花。　　　　　　　　（杜牧《泊秦淮》）

折戟沉沙铁未销，自将磨洗认前朝。东风不与周郎便，铜雀春深锁二乔。　　　　　　（杜牧《赤壁》）

凤凰台上凤凰游，凤去台空江自流。吴宫花草埋幽径，晋代衣冠成古丘。三山半落青天外，二水中分白鹭洲。总为浮云能蔽日，长安不见使人愁。

（李白《登金陵凤凰台》）

紫泉宫殿锁烟霞，欲取芜城作帝家。玉玺不缘归日角，锦帆应是到天涯。于今腐草无萤火，终古垂杨有暮鸦。地下若逢陈后主，岂宜重问后庭花。（李商隐《隋宫》）

轮船停靠时间不过半小时，我们匆匆回到船上。在安庆停靠的短时间里，我们在街巷中，看到了一种平生没有见过的家具，这便是婴孩用的坐车。这坐车是圆柱形的，上面一个圆圈，下面一个底盘，四根柱子把圆圈和底盘连接；中间一个坐位，婴儿坐在这坐位上；坐位前面有一个特别装置：二三寸阔的一条小板，斜斜地装在坐位和底盘上，与底盘成四五十度角，小板两旁有高起的边，仿佛小人国儿童公园里的滑梯。

我们初见时不解这滑梯的意义，一想就恍然大悟了它的妙用。外公说这装置大约是这里的"子烦恼"的劳动妇女所发明的吧？这里所谓的"子烦恼"，大约指的是家里孩子太多。安庆"子烦恼"的人大约较多，刚才我们挤出码头的时候，就看见许多五六岁甚至三四岁的小孩子。这些小孩子大约是从"子烦恼"的人家溢出到码头上来的。

外公说他想起了久未见面的邵力子先生。听说邵力子先生和著名学者、北京大学校长马寅初先生大力提倡"优生优育"，控制人口数量、提高人口质量、提高受教育的比例等。

最后一站是九江。常常替诗人当模特儿的九江，受了诗的美化，在一千多年后的今天风韵犹存。街道清洁，市容整齐；遥望冈峦起伏的庐山，仿佛南北高峰；那甘棠湖正是具体而微的西湖。九江居然是一个小杭州。九江的男男女女，大都仪容端正，尤其是妇女们，无论是群集在甘棠湖边洗衣服的女子，还是提着筐挑着担在街上赶路的女子，个个相貌端正，衣衫整洁，好像都是学校里的女学生。但这还在其次。九江的人态度都很和平，对外来人尤其客气，这一点最为可贵。

九江街上瓷器店特别多，有许多瓷器玩具：猫、狗、鸡、鸭、兔、牛、马、儿童人像、妇女人像、骑马人像、罗汉像、寿星像，各种各样都有，而且大都是上彩釉的。我当即买了一套神仙的瓷器，打算回上海后送给同学。在这种玩具中，可以窥见中国手艺工人的智巧。他们都没有进过美术学校雕塑科，都没有学过素描基本练习，都没有学过艺术解剖学，全凭天生的智慧和熟练的技巧，刻画出种种形象来。这些形象大都肖似实物，大多姿态优美，神气活现。

店里有许多磁马，形态各异、栩栩如生。外公告诉我们，唐朝的画家韩干以画马著名于后世，他在唐明皇的朝廷里做大官。那时候唐明皇有一个擅长画马的宫廷画家叫做陈闳。有一天唐明皇命令韩干向陈闳学习画马。韩干不奉诏，回答唐明皇说："臣自有师。陛下内厩之马，皆臣师也。"江西的手艺工人，正同韩干一样，没有进美术学校从师，就以民间野外的马为师，他们的技术全靠平常对活马的观察研究而进步起来的。

我们搭船到九江甘棠湖上的烟水亭去乘凉。这烟水亭活像杭州西湖的湖心亭，面积不及湖心亭之半，而树木甚多，树下设竹榻卖茶。我们躺在竹榻上喝茶，四面水光潋潋，风声猎猎，有几个九江女郎也摆渡到这里的树荫底下来洗衣服。每一个女郎所在的岸边的水面上，都以这女郎为圆心画出层层叠叠的半圆形的水浪纹，好像半张极大的留声机片。这光景真可入画。当时我看见离我们最近的九江浣衣女，不过是位十三四岁的小姑娘，只见她衣着虽然朴素，但"娇波流慧、细柳生姿"，不禁想起崔颢的《长干行》，不觉心存幻想，想象她会不会问我"君家何处住？妾住在横塘。停船暂借问，或恐是同乡"，不由自主地脸红起来，幸而未被外公小姨发现。

我们躺在竹榻上，无意中举目正好望见郁郁葱葱、云雾缭绕的庐山。听外公讲陶渊明的诗："采菊东篱下，悠然见南山。"想到明天就有车上庐山，心中早已如心猿意马，恨不得今天就上山。大概就是这种心境吧。预料明天这时光，一定已经身在山中，或许已经看到庐山真面目了。

江行无题

〔唐〕钱　珝

咫尺愁风雨，匡庐不可登[1]。
只疑云雾里，犹有六朝僧[2]。

....

注释

[1] 匡庐：指庐山。殷周之际的匡俗先生受道于仙人，居
　　此山，故称匡庐。

[2] 六朝：指先后建都于建康（南京）的孙吴、东晋、宋、
　　齐、梁、陈六个政权。

....

评述

　　钱珝，字瑞文，吴兴人，晚唐诗人。"大历十才子"之
一钱起的曾孙。他的代表作是《江行无题》百首，这是其中
的第六十八首。诗人用短短二十个字写出了人们攀登庐山时
的一种心理，侧面烘托出庐山的神秘与清幽。诗歌的构思与
意境都非常巧妙。开头两句倒装，点出匡庐不可攀登的道
理：因为咫尺之间雨疏风骤，山间风云变幻，天气变化无
常，给攀登造成了一定自然障碍。后两句更奇绝，从山中自
然的云雾缭绕联想到这白云深处，是不是还住着六朝时候的
高僧呢？钱珝生活在唐末，距离六朝中最后一个王朝陈朝也

已过去三百多年，人不可能寿命这么长。诗人抓住了登山过程中的体验与想象，极写庐山中云气的飞腾变幻，离貌写神，失事求似，使得整首诗成为了描写庐山胜境的佳作。

| 游庐山记（下）|

外公在他的文章《庐山游记》中详细地描述了庐山的风光。唐朝诗人钱珝教我们"不可登"，我们没有听他的话，竟在两小时内乘汽车登上了匡庐。这两小时内气候由盛夏迅速进入了深秋。上汽车的时候三十五度，在汽车中先藏扇子，后添衣服，下汽车的时候不过二十来度了。赴第三招待所的汽车驶过正街闹市的时候，庐山给我们的最初印象竟是桃源仙境：土地平旷，屋舍俨然；有茶馆、酒楼、百货之属；黄发垂髫，并怡然自乐。不过他们看见了我们没有"乃大惊"，因为上山避暑休养的人很多，招待所满坑满谷，好容易留两个房间给我们住。庐山避暑胜地，果然名不虚传。这一天天气晴明。凭窗远眺，但见近处古木参天，绿荫蔽日；远处冈峦起伏，白云出没。有时一带树林忽然不见，变成了一片云海；有时一片白云忽然消散，变成了许多楼台。正在凝望之间，一朵白云冉冉而来，钻进了我们的房间里。庐山真面目不容易窥见，只因这些白云在那里作怪。

招待所的主任听说丰子恺入住，赶紧过来见面，犹豫半日才说想要一幅外公的画，外公答应回上海后画了寄给他，主任大喜过望，好像减免了不少房费饭费。我记得开始外公想送他一幅常画的《种瓜得瓜》。在招待所里外公还遇到一位程千帆先生，带着一位十来岁的女儿程丽则一起来游庐山。外公说程先生国学根底很深。他和程千帆过去并未谋面，但他们一见如故，成为朋友。

庐山的名胜古迹很多，据说共有两百多处。但我们十天内游踪所到的地方，主要的就是小天池、花径、天桥、仙人洞、含鄱口、黄龙潭、乌龙潭等处而已，相传夏禹治水的时候曾经登大汉阳峰，周朝的匡俗曾经在这里隐居，晋朝的慧远法师曾经在东林寺门口种松树，王羲之曾经在归宗寺洗墨，陶渊明曾经在温泉附近的栗里村住家，李白曾经在五老峰下读书，白居易曾经在花径咏桃花，朱熹曾经在白鹿洞讲学，朱元璋和陈友谅曾经在天桥作战，王阳明曾经在舍身崖散步，感叹山势的奇绝……庐山天桥其实是一个断崖，右面的断崖上伸出一根大石条来，伸向左面的断崖，石条与断崖相距数尺，仿佛一脚可以跨过似的。我们所登的便是左面的断崖。我们在断崖上坐看云起，卧听鸟鸣，又拍了几张照片，逍遥地步行回寓。

含鄱口左望扬子江，右瞰鄱阳湖，天下壮观，不可不看。有一天我们果然爬上了最高峰的亭子里。然而白云作怪，密密层层地遮盖了江和湖，不肯给我们看。我们在亭子里吃茶，等候了好久，白云始终不散，望下去白茫茫的，一无所见。

我和小舅最兴奋，我们买几瓶汽水放在山涧石头底下的水中，过一会取出来就好像冰镇汽水了。我们玩累了，就坐在石头上喝汽水，小舅学的诗词比我多，他说比比谁会的庐山的诗词多：

日照香炉生紫烟，遥看瀑布挂前川。飞流直下三千尺，疑是银河落九天。　　　　　　　（李白《题庐山瀑布》）
横看成岭侧成峰，远近高低各不同。不识庐山真面目，只缘身在此山中。　　　　　　　（苏轼《题西林壁》）
庐山东南五老峰，青天削出金芙蓉。九江秀色可揽结，吾将此地巢云松。　　　　　　（李白《望庐山五老峰》）

　　从我们住的招待所远远可以望见远处山林深处有一处庙宇"栖霞寺"，听说是著名的庐山十大丛林（寺庙）之一，太远了没有去。外公说和尚的寿命都很长，故有"只疑云雾里，犹有六朝僧"之说。唐朝离六朝已很久远，但在云雾缭绕的寺庙中可能还有六朝的僧人，更增添了云雾缭绕的庐山的神秘感。

　　有一天吃饭时，外公叫了一瓶青岛啤酒。开瓶的时候，白沫四散喷射，飞溅到几尺之外。外公在上海一向喝光明啤酒，以为青岛啤酒气足得多。回家赶快去买青岛啤酒，岂知开出来同光明啤酒一样，并无白沫飞溅。啊，原来是海拔一千五百公尺，气压低的关系！庐山上的啤酒真好！

　　回到上海日月楼，外公提笔为那位主任作画《此造物者之无尽藏也》，想必是外公观看了庐山瀑布后改了主意。

　　开学后我写了一篇作文《不见庐山真面目，只缘身在此山中》，成了学校里的优秀作文。

塞下曲四首·其一

〔唐〕常　建

玉帛朝回望帝乡^[1]，乌孙归去不称王^[2]。
天涯静处无征战，兵气销为日月光。

注释

[1] 玉帛：古代诸侯朝觐的礼物。
[2] 乌孙：西汉西域国名，借指唐朝西域国家。

评述

　　常建，盛唐诗人，长安人，一说邢台人。盛唐边塞诗流光溢彩，集中体现了古代诗人豪迈尚武的精神。"立功异域，以取封侯"成为了许多诗人的人生理想。盛唐时代涌现出高适、岑参、王昌龄等一批以边塞诗著称的大诗人。常建的《塞下曲》是其中最有代表性的作品之一。这首《塞下曲》与其他一些盛唐边塞名诗最大的不同是它没有宣扬征战的正义性与战将的英勇，而是歌颂了天涯静处"无征战"的祥和与安宁。强调了中原王朝与西域国家和平相处、朝贡不绝的和谐景象。整首诗用了西汉时乌孙入朝的典故，拟想出乌孙使臣离开长安城后回望帝京，恋恋不舍的情状。全诗围绕这一场景展开，最后一句表明了西汉与

乌孙和解的好处：天下兵器入库，不再征战，兵戈之患化为日月光芒。化干戈为玉帛的古训在常建的这首《塞下曲》中得到了诗意的诠释。

| 兵气销为日月光 |

有次周末去外婆家，正好看见外公在画《天涯静处无征战，兵气销为日月光》。画完后外公说，你来了，正好教你这首诗。

乌孙是活动在新疆伊犁河谷一带西域诸国中的游牧民族。汉武帝为了抚定西域，腾出兵力遏制匈奴，曾两次以宗女下嫁，和乌孙订立和亲之盟。乌孙从此不再进犯中原。

二舅舅丰元草从北京回到上海，晚饭后大家说起汉朝和匈奴间的斗争。记得我背诵了王昌龄的《出塞》：

> 秦时明月汉时关，万里长征人未还。
> 但使龙城飞将在，不教胡马度阴山。

"龙城飞将"是指汉武帝时镇守卢龙城的名将李广，据说他继承了一套祖传的好箭法，据史记《李将军列传》记载，一天夜里李广出猎，远远看到一只白虎，他弯弓搭箭就射，第二天发现射中的竟是一块大石，由于李广力大无比，箭头深深扎入石头中。唐朝诗人卢纶有诗《和张仆射塞下曲》：

> 鹫翎金仆姑，燕尾绣蝥弧。独立扬新令，千营共一呼。
> 林暗草惊风，将军夜引弓。平明寻白羽，没在石棱中。
> 月黑雁飞高，单于夜遁逃。欲将轻骑逐，大雪满弓刀。

讲的就是这段往事。李广英勇善战，参战七十余次，多次打败匈奴，常以少胜多，险中取胜，以致匈奴人闻名丧胆，称之为"飞将军","避之数岁"。他曾历经汉朝文、景、武三朝，但由于种种缘故，未能建立大的战功。草娘舅说："冯唐易老，李广难封。"（王勃《滕王阁序》）李广成了时运不济的悲剧性人物。汉文帝也感慨李广生不逢时，他曾对李广说："惜乎，子不遇时！如令子当高帝时，万户侯岂足道哉！"意思是说像李广这样英勇善战的名将，如果赶上汉高祖的年代，当个万户侯不算什么。最后一次李广随大将军卫青出征，还偏偏迷了路，耽误了军情。李广觉得这就是他的命，自刎而死，他的部下"一军皆哭。百姓闻之，知与不知，无老壮皆为垂涕"。后世就有"李广武功缘数奇"的说法，意思是说李广的命不好。

　　汉朝是非常强盛的朝代，汉武帝时卫青、霍去病是一代名将，曾几次率军西征北讨，歼灭了匈奴的主力。特别是霍去病，是位骁勇善战的年轻将领。他善于出奇兵，长途奔袭，特别是河西（祁连山河西走廊）一仗，霍去病带领精锐骑兵出其不意地远袭，使匈奴受到重创，从此一蹶不振。

　　外公说，汉武帝要赐给霍去病住所，安排他成家，霍去病回答："匈奴未灭，无以家为也。"外公说，抗战期间，妻子鼓励丈夫参军杀敌，往往用"匈奴未灭，何以家为"这句。后人谈论到年轻人"先立业、后成家"，也常常引用霍去病的这句名言。

　　草娘舅接着说到《后汉书·班超列传》，班超的兄长班固曾任京中任校书郎。由于家境贫寒，班超替官府抄写文书，维持生计。班超常常投笔感慨："大丈夫无它志略，犹当效傅介子、张骞立功异域，以取封侯，安能久事笔砚间乎？"旁人都笑话他。班超说："小子安知壮士志哉。"

　　后来班超被推举见到皇上，并以"假司马"的身份出使西域鄯善，恰好匈奴来人挑拨鄯善王和汉朝的关系。班超和他手下共饮，酒酣，用激将法说"不入虎穴，焉得虎子"。下属都说："今在危亡之地，死生从司马。"班超当夜率三十六员壮士纵火奇袭匈奴军队，召鄯善王广，以匈奴人的首级示之，一国震怖，鄯善果然与匈奴决裂，归顺汉朝。此后班超被封为定远侯，继续在西域征讨，终于大败匈奴和其他附属国，由于张骞、班超等将领的功绩，最终开拓了西域的丝绸之路。

我们继续议论汉朝和匈奴间的争斗，小娘舅丰新枚背诵了一段王勃的《滕王阁序》：

> 无路请缨，等终军之弱冠；有怀投笔，慕宗悫之长风。

外公说，这几句讲到武帝时出使南越的终军"愿受长缨，必羁南越王而致之阙下"，讲到班超投笔从戎的雄心壮志，讲到南朝的宗悫乘长风破万里浪的远大抱负，他们都是二十来岁。王勃以一系列的典故，表达了年轻人建功立业、报效国家的宏伟理想，是千古传诵的名句。

外公说："中国汉唐的强盛，是一大批年轻军人南征北讨打出来的，现在新中国一天比一天强大，今天的和平环境，也是解放军志愿军打出来的。"草娘舅曾参加志愿军文工团，记得当时他说，志愿军的军长师长也不过三四十岁，团长连长差不多二三十岁。似乎记得草娘舅参加的是原来第三野战军的文工团，可能就是后来志愿军的第九兵团。

外公早已去世了，但他教我的那篇后汉书《班超列传》我一直记在心头。参加工作后，我曾长期担任大恒集团公司

179

副总裁兼总工程师，负责国际业务，我也经常用班超的话"大丈夫当立功异域，以取封侯"勉励经理和员工：有志气的中国公司，必须到国际市场去打拼。

秋日赴阙题潼关驿楼[1]

〔唐〕许 浑

红叶晚萧萧，长亭酒一瓢[2]。

残云归太华，疏雨过中条[3]。

树色随山迥[4]，河声入海遥。

帝乡明日到[5]，犹自梦渔樵[6]。

......

注释

[1] 秋日赴阙题潼关驿楼：阙，宫殿前的高体建筑，此处
 指代帝京长安。本诗又题作《行次潼关逢魏扶东归》。

[2] 红叶晚萧萧：一作"南北断蓬飘"。长亭，古时驿路每
 十里设一长亭，供往来休息之用。

[3] 太华：西岳华山，在陕西华阴县。中条：中条山，山
 西南部黄河与涑水之间的山脉。

[4] 迥：远。

[5] 帝乡：长安。

[6] 尾二句一作"劳歌此分手，风急马萧萧"。

......

评述

　　许浑，字用晦，晚唐诗人，润州丹阳人。著有《丁卯
集》。晚唐诗人许浑非常善于写景。他的诗歌意境高远，气

度俊爽，有些诗作甚至被误认为是杜牧写的。这首《秋日赴阙题潼关驿楼》是一首典型的送别诗。它的另一个题目《行次潼关逢魏扶东归》可能更清楚地交代了诗歌的创作背景。许浑是江苏丹阳人，进京途中路过潼关，恰遇出关东归的好友魏扶，两人一番交流后各奔前途，临别赠诗。诗歌虽写离愁别绪，然而没有一丝故套。诗人发挥他的长处，连写三联景色，首联就写出红叶渐浓的深秋，驿路之上偶遇故人，把酒话别的优美景致。颔联将视线拓展到相逢之地潼关的山河形胜：太华山在西，中条山在北，残云和疏雨飘荡在河山之间。"归"与"过"两个动词给静态的山峦注入了活泼泼的生机。颈联则将景色由近及远地进行描绘：深秋的树色，明媚而鲜艳，随着山势的起伏而远去，耳畔听到的是黄河涛声滚滚，似乎直达海滨。经过六句景致的反复渲染，尾联二句终于道出了作诗的意图：诗人在此分别，不日就要抵达京城长安，开始仕宦生涯，那时反而会怀恋朋友及自己从前闲云野鹤、优哉游哉的隐士生活。建功立业与渔樵闲话恰好是古人精神选择最挣扎的两端。诗人用亲身经历和如花妙笔，寓情于景，为深秋的潼关添染上一层离别的惆怅与萧索。

┃ 一篇之警句 ┃

那年我在北大物理系念书时，外公到北京开第三届全国政协会议，我和二舅丰元草到民族饭店去看望外公。我忘了什么原因让我们议论起香山红叶来。外公和我们谈起描写红叶的诗，我回答：

远上寒山石径斜，白云生处有人家。

停车坐爱枫林晚，霜叶红于二月花。

外公问还喜欢哪首？我只记得有两句著名的诗："红叶晚萧萧，长亭酒一瓢。"作者是谁记不得了。草娘舅的古文根底好，他说诗作者是许浑，还把这首诗从头背了下来。

对于"红叶"外公情有独钟。他曾在《我译〈源氏物语〉》一文中说："我是四十年前的东京旅客，我非常喜爱日本的风景和人民生活，说起日本，富士山、信浓川、樱花、红叶、神社、鸟居等都浮现到我眼前来。""说起红叶，我又惦念起日本来。樱花和红叶，是日本有名的'春红秋艳'。我在日本滞留的那一年，曾到各处欣赏红叶。记得有一次在江之岛，坐在红叶底下眺望大海，饮正宗酒。其时天风振袖，水光接天；十里红树，如锦如绣。三杯之后，我浑忘尘劳，几疑身在神仙世界了。四十年来，这甘美的回忆时时闪现在我心头。"

我们又从红叶回到许浑的诗。外公说他从小喜欢读诗词，只是"读而不作"（其实外公的诗词作品不少）。有的古文诗词全篇都可爱，字字珠玑，例如《长恨歌》《滕王阁序》，可惜这样的名篇并不多。大家所爱的，往往只是一篇中的一段，或其一句。"这一句讽咏之不足，往往把它抄写在小纸条上，粘在座右，随时欣赏。"比如读到"红叶晚萧萧，长亭酒一瓢"，眼前会现出一个满山红叶、长亭话别的幻象来，若隐若现。

诗词中的佳句，颇像外公的漫画风格。外公的画《无言独上西楼，月如钩》，寥寥数笔，就栩栩如生。外公漫画中人物的轮廓、眉目都不全，但是颇能代表那个幻象。正如古人之言："意到笔不到。""作画意在笔先。只要意到，笔不妨不到；非但笔不妨不到，有时笔到了反而累赘。"（参见《漫画创作二十年》）诗词也是如此，只要有脍炙人口的佳句就够了，其余部分不过是补充和陪衬，记不记得住都不影响这首诗词的永恒价值。

二舅又说：许浑还有一首诗《咸阳城东楼》：

一上高城万里愁，蒹葭杨柳似汀洲。溪云初起日沉阁，
山雨欲来风满楼。
鸟下绿芜秦苑夕，蝉鸣黄叶汉宫秋。行人莫问当年事，
故国东来渭水流。

大家也只记住一句"山雨欲来风满楼"。外公说，其实这首诗全诗写得都好，但"山雨欲来风满楼"太好，别的句子大家反而记不住了。

那天我们就谈论起《白香词谱笺》中的佳句，记得有：

何处是归程，长亭更短亭。　　　　（李白《菩萨蛮》）
南园满地堆轻絮，愁闻一霎清明雨。

（温飞卿《菩萨蛮》）　**185**

青鸟不传云外信，丁香暗结雨中愁。

（南唐中主《浣溪沙》）

流水落花春去也，天上人间。　（南唐后主《浪淘沙》）

风乍起，吹皱一池春水。　　　（冯延巳《谒金门》）

三分春色二分愁，更一分风雨。　（叶清臣《贺圣朝》）

酒入愁肠，化作相思泪。　　　（范仲淹《苏幕遮》）

问牧童遥指孤村，道杏花深处，那里人家有。

（宋祁《锦缠道》）

水调数声持酒听，午醉醒来愁未醒。（张先《天仙子》）

今宵酒醒何处，杨柳岸、晓风残月。（柳永《雨霖铃》）

谁道人生无再少，君看流水尚能西。（苏轼《浣溪沙》）

薄衾孤枕，梦回人静，彻晓潇潇雨。（惠洪《青玉案》）

两情若是久长时，又岂在朝朝暮暮。（秦观《鹊桥仙》）

人散后，一钩新月天如水。　　（谢逸《千秋岁》）

记得小娘舅丰新枚也从天津大学赶来看望外公，参加了我们的诗会。他喜欢的佳句是：

惆怅双鸳不到，幽阶一夜苔生。　（吴文英《风入松》）

四壁秋虫夜雨，更一点，残灯斜照。清镜晓，白发又添多少。

（元好问《玉漏迟》）

听夜深寂寞打孤城，春潮急。　（萨都拉《满江红》）

流光容易把人抛，红了樱桃，绿了芭蕉。

（蒋捷《一剪梅》）

秋兴八首·其八

〔唐〕杜 甫

昆吾御宿自逶迤[1]，紫阁峰阴入渼陂[2]。

香稻啄馀鹦鹉粒[3]，碧梧栖老凤凰枝。

佳人拾翠春相问[4]，仙侣同舟晚更移[5]。

彩笔昔曾干气象[6]，白头吟望苦低垂。

......

注释

[1] 昆吾：汉武帝上林苑地名，在陕西蓝田西。御宿：即樊川。逶迤：水流曲曲折折的样子。

[2] 紫阁峰：终南山峰名。渼陂：陕西户县西，唐时名胜。

[3] "香稻啄馀鹦鹉粒"二句：这两句是倒装句，即鹦鹉啄馀香稻粒，凤凰栖老碧梧枝。

[4] 拾翠：拾取翠鸟的羽毛。相问：赠送礼物。

[5] 仙侣：春游伙伴。

[6] 干气象：指杜甫天宝十载所上《三大礼赋》，得玄宗赏识。

......

评述

　　《秋兴》八首作于大历元年（766）秋天。那时杜甫在夔州居住，感伤于秋风时事，因成组诗，此为最后一首。整组诗歌从身边的夔州三峡秋色起笔，转到回忆长安，追述历史

繁华与云烟，最后描绘终南渼陂春游的梦幻景致。诗歌起笔自气象萧森的深秋，却落笔于明媚艳丽的关中春色。杜甫的用意其实十分明确：经历了"安史之乱"的山河破碎，风雨飘摇，唐朝已经再不能重振雄风。当年平常的春游，从长安到渼陂，从昆吾到御宿，紫阁峰在渼陂清冽的池水中光华夺目。香稻与碧梧，鹦鹉与凤凰，佳人与仙侣，赠答与移舟，记忆中的太平盛世已经近乎仙境，不似人间了。全诗的末尾一句道出了杜甫的心胸：当年我也曾上《三大礼赋》，赢得君王嘉赏，努力用自己的文字为人间扫荡妖氛；然而今日的垂垂老病之身，只能在夔州的高阁之上引颈遥望长安，低首默默垂泪了。杜甫的自然生命行将终结，而家国的破败使得他难以掩饰内心的悲怆，只能在回忆中挥动彩笔，勾勒出曾经的恢弘气象。

| 彩笔昔曾描浊世 |

　　外公说杜甫的律诗做得最好。"安史之乱"后,杜甫流亡颠沛,最后到四川,定居成都,一度在剑南节度使严武幕中任检校工部员外郎,故又有杜工部之称。晚年举家东迁,途中留滞夔州二年,出三峡,漂泊鄂、湘一带。《秋兴》八首是杜甫客居夔州时所作,"彩笔昔曾干气象,白头吟望苦低垂",回忆当年在洛阳长安意气风发,写出了许多好诗。杜甫与李白齐名,人称"李杜"。

　　贫病交加的杜甫,所写的诗句也是痛感神州陆沉,充满黍离之悲。其中名句"香稻啄馀鹦鹉粒,碧梧栖老凤凰枝"的主语("鹦鹉"和"凤凰")和谓语、状语("啄馀"和"栖老")倒置,读后余味无穷。外公曾把这两句写在细竹对联上,挂在寓所"日月楼"。

　　外公于1961年秋随上海政协参观团去江西,游南昌,并到赣南革命老区参观,去了赣州、瑞金、井冈山等地,画了不少画,如《饮水思源》《井冈山瞻观图》等。

　　在路上他写下了《浣溪沙·途中戏作》:

饮酒看书四十春,酒杯长满眼长明,年年贪看物华新。
但愿天天多乐事,不妨日日抱儿孙,最繁华处作闲人。
饮酒看书四十秋,功名富贵不须求,粗茶淡饭岁悠悠。
彩笔昔曾描浊世,白头今又译《红楼》,时人将谓老风流。

　　"彩笔昔曾描浊世",想必外公在参观革命根据地后,抚今追昔，回忆起在旧社会他曾经用自己的画笔"当面细看社会上的苦痛相、残酷相，而为它们写照"。《最后的吻》描写旧社会一位女子养不起她的孩子，只能把婴儿放到育婴堂的抽屉里，以后她再也不能去看孩子，所以给了自己的孩子最后的吻，而旁边的母狗却在哺育小狗。这人与狗的对比太过强烈。有位女读者看了《最后的吻》后写信给外公，说她自己流了许多眼泪，要画家"赔她的眼泪"。当时外公在许多画上都盖上"速朽之章"，希望这些景象快快灭绝。

"白头今又译《红楼》"，指的是外公在晚年翻译了日本长篇小说《源氏物语》，外公曾对我说："《源氏物语》相当于中国的《红楼梦》。"1949年后外公一直居住在上海最繁华的福州路和陕西南路，"最繁华处作闲人"，在闹市中取静，翻译、画画、写字，与儿孙们同欢共乐。

无　题

〔唐〕李商隐

来是空言去绝踪，月斜楼上五更钟。

梦为远别啼难唤，书被催成墨未浓。

蜡照半笼金翡翠[1]，麝熏微度绣芙蓉[2]。

刘郎已恨蓬山远[3]，更隔蓬山一万重。

注释

[1] 蜡照：指烛光。笼：掩映。金翡翠：饰以金翠的被子。

[2] 麝：麝香，代指香薰气。度：透过。绣芙蓉：绣以芙
蓉的帷帐。

[3] 刘郎：传说中东汉时刘晨、阮肇两个人在山中采药时
的艳遇，后来用这个典故来代指艳遇。蓬山：传说中
的蓬莱仙山。

评述

李商隐，字义山，号玉谿生，晚唐著名诗人，与杜牧
合成"小李杜"。在古人的评价里，这曾是一首政治隐喻诗，
是李商隐埋怨令狐绹不了解自己"陈情"的意思。但是也有
不少专家认为这样解诗，把本来深刻复杂而又朦胧凄美的意
象解简单了，这首诗的抒情主人公当是一位思念远方恋人的

缓缓流水武陵溪洞裏春長日月遲红英满地芜
人掃此度劉郎去後遂行之斷之清溪浅香風引到
神仙館瓊漿送一飲覺身輕玉砌雲中房端煙暖
煙暖武陵晚回裏春長花爛漫红英满地溪
溪浅衝聽雲中雞犬劉郎迷路春風遠誤
到蓬萊仙館

女性。全诗围绕着首联中的"来是空言去绝踪"一句展开。抒情主人公说：当初离别之时，曾许下诺言，而今一去却杳无踪影，山盟海誓都成了空。思念使我失眠竟夜，一直到五更钟声响起。颔联说梦中远别，不禁悲啼，但却由于郁结于心，反而哭不出声来；发现匆忙间给对方所写的书信，墨汁却并未研弄。颈联堆叠了"蜡照""金翡翠""麝熏""绣芙蓉"四个意象，是对抒情主人公身边环境的细致刻画：残存的烛光半透进用金线绣成翡翠鸟图案的帐幔之中，芙蓉绣被上若隐若现地浮动着麝香的气息。此刻，抒情主人公的梦境与观察交织在一起，难分梦醒。这些意象中的爱情暗示意味给了读者无限遐想的空间。尾联中反用人尽皆知的刘郎典故，表示：刘郎已经为蓬山的遥远而怅恨了，我的真情却隔着千万重蓬山而难以飞渡呢？岂不是比刘郎更难嘛？末句"恨蓬山远"，正与主题"远别"相呼应。首尾回环，曲尽浑融之美。

| 山中方七日，世上已千年 |

小时候外公讲的刘晨和阮肇的故事令我记忆深刻。古代有一天，刘晨和阮肇进深山迷路了，过了十多天，他们带的粮食吃完了，眼看要饿死，忽然看见半山腰的一株桃树上结了好多大桃，他们竭尽全力，爬上半山吃了桃，体力略微恢复，下山到清澈的溪边喝水。忽然发现水边有两位少女，并皆姝丽。见了他们笑着说："二位郎君来了？"仿佛早已认识一般，又问："来何晚邪？"因邀还家。当晚来了一群女孩子，皆二八（十六岁）妖姬，大家喝酒作乐闹新房，刘、阮二人又惊又喜，晚上半推半就和两位少女成了亲。过了十来天，刘、阮二人思乡心切："不疑灵境难闻见，尘心未尽思乡县。"女子说："既然你们已经到此仙境，何必思念尘世？"于是留二人又在这仙境中，一直待到来年春天，百鸟啼鸣，刘、阮更怀悲思，求归甚苦。两位女子长叹一声，又招来那几十位女孩子，集会奏乐，共送刘、阮。

外公曾书写过一首郑僅的《调笑转踏》[1]，生动地描绘了刘阮误游仙境的故事：

> 湲湲流水武陵溪。洞里春长日月迟。红英满地无人扫，
> 此度刘郎去后迷。行行渐入清流浅。香风引到神仙馆。
> 琼浆一饮觉身轻，玉砌云房瑞烟暖。
> 烟暖，武陵晚，洞里春长花烂熳。红英满地溪流浅，

---

① 丰子恺：《文人珠玉——丰子恺手书诗词长卷》，第359页，上海译文出版社，2016。

渐听云中鸡犬。刘郎迷路香风远，误到蓬莱仙馆。

刘、阮和两位仙女依依惜别，走了一段回头望去，美丽的少女不在了，只见云海沉沉，洞天渐渺。他们走了好久才出了山，却发现"亲旧零落，邑屋改异，无复相识"。问了好久，才找到他们的第七世孙子。刘晨、阮肇大吃一惊。街坊们回忆起多年前确有两位太祖爷爷，有一次进山后就一直杳无音信。这才是"山中方七日，世上已千年"。刘晨、阮肇在家乡怎么也待不下去了，再度进山，遂不知所终。

上中学后，母亲教我李商隐的《无题》诗："刘郎已恨蓬山远，更隔蓬山一万重。"诗中的刘郎就是外公故事中的刘、阮。宋祁曾写过一首《鹧鸪天》：

画毂雕鞍狭路逢，一声肠断绣帘中。身无彩凤双飞翼，心有灵犀一点通。
金作屋，玉为笼，车如流水马如龙。刘郎已恨蓬山远，更隔蓬山几万重。

其中"身无彩凤双飞翼，心有灵犀一点通"取自李商隐的另一首《无题》诗：

昨夜星辰昨夜风，画楼西畔桂堂东。身无彩凤双飞翼，心有灵犀一点通。
隔座送钩春酒暖，分曹射覆蜡灯红。嗟余听鼓应官去，走马兰台类转蓬。

"车如流水马如龙"则引自李煜的《忆江南》：

多少恨，昨夜梦魂中。还似旧时游上苑，车如流水马如龙。花月正春风。

这首《鹧鸪天》，虽多用前人诗句，但剪裁点缀自若天成。

著名物理学家爱因斯坦指出，在相对于我们地球高速运动的系统中，例如超高速的宇宙飞船上所有的物理效应、生物和生命过程都比我们缓慢，飞船上的时钟也比我们走得慢，称为"爱因斯坦延缓"，这是"狭义相对论"的重要结论。根据爱因斯坦的理论，如果一位年轻的宇航员乘坐宇宙飞船到太空翱翔，如果飞船速度极快，斗转星移，若干年后当他回到地球，会发现迎接他的是他的曾孙辈。

其实，古代中国人早就想象不同的空间会具有不同的时间尺度。《西游记》中曾讲到托塔李天王的义女老鼠精把唐三藏抓到无底洞中，逼他成亲，孙悟空打进洞中，拿了女妖怪的牌位到天上玉皇大帝那里去告李天王的状，和天王纠缠不清，此时太白金星劝孙悟空说："一日官事十日打，你告了御状，说妖精是天王的女儿，天王说不是，你两个只管在御前折辨，反复不已，我说天上一日，下界就是一年。这一年之间，那妖精把你师父陷在洞中，莫说成亲，若有个喜花下儿子，也生了一个小和尚儿，却不误了大事？"行者低头想道：是啊！我离八戒沙僧，只说多时饭熟、少时茶滚就回，今已弄了这半会，却不迟了？也就是说："天上一日，下界就是一年。"这是小说神话中的"时间延缓"，其延缓尺度大约是地上365（天）相当于天上一（天）。

刘晨、阮肇在仙女洞里过了半年，人间已过了七代，如果一代是二十年，时间延缓的尺度差不多为280：1。也就是说，中国古代其实并不承认时间的唯一性，而认为天上、仙境的时间比人间延缓大约三百倍！这延缓的尺度远远大于"爱因斯坦延缓"！可惜中国式的时间延缓并无科学的严格证明。

秋　夕[1]

〔唐〕杜　牧

银烛秋光冷画屏[2]，轻罗小扇扑流萤[3]。
天阶夜色凉如水[4]，卧看牵牛织女星[5]。

....

注释

[1]秋夕：秋天夜晚。

[2]银烛：银色的烛台。画屏：有画的屏风。

[3]轻罗小扇：丝制团扇。流萤：飞动的萤火虫。

[4]天阶：宫殿台阶。

[5]牵牛织女：牵牛星和织女星两个星座，也指牵牛、织女神话。

....

评述

　　杜牧，字牧之，京兆万年人。晚唐诗人，著有《樊川集》。他的《秋夕》是历来称赏的佳作。它的优点是构思精巧，画面唯美忧伤。《秋夕》描绘了一幅深宫秋怨图：寂寞的深宫里，精美的银色烛台闪烁着冷冷的烛光，映衬着富丽堂皇的画屏。一个宫女手持轻罗小扇扑打着飞动的萤火虫。秋节已至，人们早已丢掉了夏季不离手的团扇，而宫女还随身携带，隐喻着她遭嫌见弃的悲惨身世。萤火虫出没的

卧看牽牛織女星

宫殿，显然很久没有热闹过了，冷清萧索得生出了流萤。宫殿的台阶上夜凉如水，冰凉而凄冷。宫女百无聊赖，只得卧在阶前，遥遥地看着牵牛、织女星。尾句画龙点睛，既带入了明亮而辽远的宇宙视野，又烘托出宫女凄清乃至绝望的心境：牵牛、织女尚且有一年一度的聚会之机，自己却要困守于深宫不得脱，不知何年何月才能重获自由，追求自己的幸福生活。深宫秋怨，是古人经常歌咏的一个主题，内涵十分丰富。杜牧的这首《秋夕》捕捉到秋夜凉如水的典型环境中宫女扑萤、看星的典型场景，加以点染勾画，使之成为中国诗歌史上不可或缺的一个经典意象，与牵牛、织女星一样成为永恒。

外公也曾是天文爱好者

　　小时候我家住在上海虹口区。当年的路灯和弄堂里的灯不多，没有什么光污染。每天入夜，就可以看到满天星斗。上海天气炎热，晚上有乘凉的习惯，搬一个竹床（俗称"竹榻"）到外面乘凉，周围常有萤火虫飞来飞去。我躺着扇扇子，观看漫天的繁星。夏末秋初，在接近天顶处就可看到明亮的织女星和牛郎星。织女旁边有四颗星呈菱形分布，据说这是织布的梭子；牛郎星两边各有一颗小星星，相传就是他和织女生的孩子。它们之间隔着乳白色的银河。母亲教我读杜牧的诗《秋夕》，给我讲牛郎织女的故事。

　　外公教我《古诗十九首》，里面就有一首诗描写牛郎星与织女星：

迢迢牵牛星，皎皎河汉女。

纤纤擢素手，札札弄机杼。

终日不成章，泣涕零如雨；

河汉清且浅，相去复几许！

盈盈一水间，脉脉不得语。

这首诗已经把牛郎星与织女星形象化、人格化了。

　　传说王母娘娘的外孙女织女和六位宫女洗澡，洗完后织女发现自己的衣服被牛郎偷去，没有办法，只得偷偷嫁给牛郎，生了一儿一女。后来王母娘娘知道了，一怒之下拔下髮钗在牛郎和织女间划了一下，变成一条天河——银河。从此牛郎织女再也不能相见。

因为牛郎深爱织女，经太白金星老人说情，王母娘娘这才允许他们每年七夕那天见一次面。有几颗小星星横跨银河，据说喜鹊们被牛郎织女的爱情感动，搭了个"鹊桥"让他们过河相会，这些星星的名字就是鹊桥。外公说，秦观的《鹊桥仙》写的就是这故事：

纤云弄巧，飞星传恨，银汉迢迢暗度。金风玉露一相逢，便胜却人间无数。

柔情似水，佳期如梦，忍顾鹊桥归路。两情若是久长时，又岂在朝朝暮暮。

读初一那年，母亲为我订了《中学生》月刊，杂志上每期刊登天文学家戴文赛先生写的科普文章，介绍当月的天象。一月份的文章标题是《一月的星空》，二月的文章是《二月的星空》等，每期我都认真阅读。到晚上就出去观天象，认星星，兴味无穷。

后来觉得每月一期不解气，又从学校图书馆借到一册北京大学陶宏写的《每月之星》，这本书系统地讲授天文知识。我一个月一个月地续借，后来索性就请在我们学校任语文教师的母亲长期借出来。

在银河上有五颗星星组成一个十字架，称"北天十字架"，就是天鹅星座，活像一只天鹅翱翔在银河上。我告诉母亲银河是由许多像太阳一样的恒星组成的，太阳不过是银河系中普通的一员。母亲听我讲银河的故事，就教我范仲淹的词《御街行》：

纷纷坠叶飘香砌。夜寂静，寒声碎。真珠帘卷玉楼空，
天淡银河垂地。年年今夜，月华如练，长是人千里。
愁肠已断无由醉，酒未到，先成泪。残灯明灭枕头欹，
谙尽孤眠滋味。都来此事，眉间心上，无计相回避。

　　我觉得这首词真美，就和母亲说好，我看星星，请她教
我和星星有关的诗词。当时学校作业不多，下了课我抓紧把
作业做完，晚上吃完饭就出去认星星，我周围常常聚集了一
群小伙伴，听我讲天文知识和故事。

　　最近阅读外公在三十岁时写的《秋的星座及其传说》，
这篇优美的文章未刊入《缘缘堂随笔》，我们都是最近才看
到。外公准确地说出全天肉眼可见的星星一共5333颗，他
不但描述了银河，牛郎星织女星，还讲述了茆星团、比邻星
南门二、天琴星座的环状星云，大熊星座、小熊星座、飞
马座、天鹅座、天箭座、山羊座、宝瓶座、双鱼座、白羊
座……生动地介绍中国和西方有关星座和星宿的故事。

　　外公准确地说出离地球最近的南门二（比邻星）距地球
4.25光年，织女10.4光年[①]，牛郎13.6光年，天琴座的环状星
云220光年，大熊星座的螺旋状星云1 000万光年！原来外公
还曾是一位天文爱好者！

　　联想起外公自称他的心被四件事占据了："天上的神明
与星辰，地上的艺术与儿童。"抗战期间他把遵义的居所称
为"星汉楼"，取自南蜀后主孟昶的词《玉楼春》中的"起
来亭户寂无声，时见疏星渡河汉（银河）"；联想起他把上海
的居所取名为"日月楼"，书房中悬挂着国学大师马一浮书

---

① 　根据目前的研究，织女星和地球的距离为25光年。

写的对联："星河界里星河转，日月楼中日月长"；联想起有一次跟随外公旅游，我凌晨起来看南方地平线上很低的南极老人星，外公也披了衣服出来和我一起观看；联想起我做完望远镜后，外公问我是否看得到火星的卫星，联想外公建议我弃文从理考北大……大家都知道丰子恺是漫画家、散文作家、书法家、翻译家、音乐、美术教育家和装帧设计家，可能很少有人知道，他还是一位天文爱好者！只是因为在浙江省立师范学校遇到恩师李叔同，外公"从此决心献身艺术"，才成了近代少有的艺术全才！

江城子·密州出猎[1]

〔北宋〕苏　轼

老夫聊发少年狂，左牵黄[2]，右擎苍[3]，锦帽貂裘[4]，千骑卷平冈[5]。为报倾城随太守[6]，亲射虎，看孙郎[7]。

酒酣胸胆尚开张，鬓微霜，又何妨？持节云中[8]，何日遣冯唐[9]？会挽雕弓如满月[10]，西北望，射天狼[11]。

....

注释

[1] 密州：今山东诸城。

[2] 黄：黄犬。

[3] 苍：苍鹰。

[4] 锦帽貂裘：锦帽，汉羽林军戴锦蒙帽。貂裘：貂皮制成的衣裘。

[5] 平冈：指山脊平坦处。

[6] 倾城：指全城观猎的士兵。

[7] 孙郎：孙权曾于凌亭亲自射虎，此处为作者自指。

[8] 节：符节。

[9] 冯唐：冯唐曾奉汉文帝命，持节复用魏尚为云中太守。

[10] 会：当。

[11] 天狼：天狼星，古代以其主侵掠。此处以天狼喻西夏。

夜来试上城头望，何处扶星正老轮

评述

　　这首词作于宋神宗熙宁八年（1075）苏轼出任密州之后。自信豪放的性格，让苏轼在官场屡受挫败，这是他漫长贬谪旅途中的一环。但来自外界的这些麻烦并没有太影响他，他总能在柔软的心中找到扶持精神的支点，而且他那报国立功的夙愿从未立即泯灭，一直萦绕在他心头。熙宁三年（1070），西夏进攻环、庆二州，西北较为紧张。这就是这首词的时代社会背景。也许这仅是苏轼偶然散发的一次豪兴，也正是他报国夙愿的体现。上片塑造了一位勇猛的将士形象，且具体写其装束"锦帽貂裘"，且巨细靡遗地写动作"牵黄""擎苍"，又以"亲射虎，看孙郎"收束，极尽豪情。如此还不够，下片接着写狂饮烈酒，又把时间给人的摧残也拉过来写，纵使"鬓微霜"，这又如何呢？胸中的凌云壮志早已越过时光，他头脑里全是驰骋战场的豪迈，沉淀在心底的也只是满月雕弓，眼神也如同弦上的箭，直奔天狼星而去。这首词通过几个具体的动作，彰显了作者的豪放英气，浩浩荡荡，无可阻挡。

| 西北望，射天狼 |

初一初二那两年，到外公家我也常常讲天文故事。那时候外公借住在福州路，是上海最热闹的地方，周围都是楼房，看不到星星，夜里我就和小舅爬到三层阁楼房顶上去看天狼星。三月份从猎户座的腰带画一条延长线，遇到的第一颗大星就是天狼星，学名大犬星座 α，中西方命名居然不谋而合。天狼星是天空中最亮的恒星。

第二天外公就教我们苏轼的《江城子》："会挽雕弓如满月，西北望，射天狼。"外公说，自古天狼星"主侵掠"。《楚辞》中也有"举长矢兮射天狼，操余弧兮反沦降"的句子。屈原所谓的"弧"，弧矢就是弓和箭，由天狼下面的九颗星组成，很像一把弓箭，箭矢方向直指天狼星。屈原痛恨奸臣误国，发誓要和他们斗争到底。

北宋从仁宗到神宗时期，主要的外患是北方的辽和西北的西夏。当年苏东坡正在密州（今山东诸城）任知州，他支持王安石变法，忧患北方外敌，但愿以雕弓射杀北狄蛮夷。

抗战期间，民众把敌寇比作天上的"妖星"，外公就画了《夜来试上城头望，何处妖星巨若轮》等抗战漫画。

1844年，德国天文学家贝塞尔（Bessel）发现天狼星的行踪不规则，每天经过天空子午线（从北到南经过天顶的经线）的时刻总有点误差，他设想如果天狼星是一颗双星，天狼和它的伴星绕着它们的重心，每50年转一圈，就可以解释上述的误差。1862年，美国天文学家克拉克（Alvan Clark）用他研制的18吋（约半米）直径的反射式天文望远镜偶尔对准天狼星时，果然发现它的伴星，这是一颗7等星。天文学家把星星的亮度分等，1等星比2等星亮2.5倍，2等星比3等星亮2.5倍，以此类推。天狼星为−1.6等，织女星为0等星，肉眼能看见的最暗的星星为6等星。0等星比6等星大约亮250倍。

目前已能精确测定天狼星及其伴星的距离，相当于太阳和天王星的距离，天狼星和它的伴星绕共同的重心每49年转动一圈。这是一个著名的例子，表明基于万有引力的理论计算可以发现新的天体。此后的研究发现天狼星的伴星是一颗"白矮星"，密度极大，一小酒杯的物质重一吨。如果有朝一日人可以乘宇宙飞船到天狼伴星上去，他的体重会变成4 000吨，他的骨骼会被自身的重量压得粉碎！

听完我讲的天狼伴星的故事，小舅舅（丰新枚）、小姨（丰一吟）都觉得新鲜，外公也常常摸着胡子点头。读高一时我不再满足天文书上的知识，和同学做天文望远镜，又打算做一份"恒星表"，把星星的亮度、星等这些参数编进去。那时候还没有学对数，只知道相差一个星等，亮度相差2.5倍，但精确到小数的星等的亮度比就算不出来。那次外公带我去杭州，外公说你不妨问问软娘姨（丰宁馨，我的二姨，时在杭州大学教数学）。接到我的信，第二天软娘姨就来了，告诉我1等星比1.1等星亮1.09倍，1等星比1.2等星亮1.09的平方倍，如此等等。我高兴极了，当天在旅馆里就开始计算整理我的"恒星表"，我自己又把上面的比例精确到1.096。

高三下学期文理分科时外公鼓励我学物理考北大，我不知道是否从初中开始，外公就一直在关注我的兴趣爱好。更没有想过，外公自己是否也曾爱好天文。

醉蓬莱·渐亭皋叶下

〔北宋〕柳　永

渐亭皋叶下，陇首云飞[1]，素秋新霁[2]。华阙中天[3]，锁葱葱佳气。嫩菊黄深，拒霜红浅[4]，近宝阶香砌。玉宇无尘，金茎有露[5]，碧天如水。

正值升平，万几多暇[6]，夜色澄鲜，漏声迢递[7]。南极星中，有老人呈瑞。此际宸游[8]，凤辇何处[9]，度管弦清脆。太液波翻，披香帘卷，月明风细。

⋯⋯⋯⋯⋯⋯⋯⋯⋯⋯⋯⋯⋯⋯⋯⋯⋯⋯⋯⋯⋯⋯⋯⋯⋯⋯⋯⋯⋯⋯

注释

[1] 渐亭皋叶下，陇首云飞：化用南朝梁柳恽《捣衣诗》"亭皋木叶下，陇首秋云飞"成句。亭皋：近水处的高地。陇首：田野间。一说为陇首山，在今陕西、甘肃交界处。

[2] 素秋：即秋季。秋季盛行西风，西方在五行中属金，色尚白，故称金秋或素秋。

[3] 阙：古代宫殿、坛庙、陵寝门前左右各起高台，上有楼观，以二高台之间有空缺，故名。

[4] 拒霜：木芙蓉之别名，以其秋季开花而耐寒，故名。

[5] 金茎：《三辅黄图》载，汉武帝在建章宫高台上以铜铸仙掌擎金盘承接云露。金茎即指此铜柱。

[6] 万几：指帝王日常处理的纷繁的政务。

[7] 迢递：遥远的样子。

[8] 宸游：帝王之巡游。

[9] 凤辇：皇帝的车驾。

评述

这首词为柳永自制曲，内容为歌颂北宋太平盛世。词上阕写京城秋天皇宫中的美丽景象，下阕则写当朝皇帝的清明统治。词句极尽华丽，摹写皇帝宫阙之豪华壮丽。秋日雨后放晴，山野中云雾飘动。帝阙高耸入云、擎入中天，笼罩一片祥瑞之气。石阶之上，黄花堆积，晨霜铺撒，芙蓉花浅红淡淡，台阶上芬芳飘荡。皇宫中纤尘不染，铜柱之上，有露凝结，望碧空如洗。时值太平，盛世非常，帝王勤政，治国有方，天上才有这老人星出现。只听漏声自远处传来，伴着清脆的弦管之声，皇帝巡游，辇车在何处呢？此际，太液池波翻浪涌，披香殿帘幕高卷。清风徐来，月色澄明。据宋人王辟之《渑水燕谈录》记载，仁宗皇祐年间（1049—1054），司天台奏有老人星出现，朝野祝为祥瑞。皇帝近臣史某，爱惜柳永的才学，让柳永写了这首《醉蓬莱》进献给皇帝，但头一句的"渐"字，就让仁宗不快——《书·顾命》有"疾大渐"之语，意为病情加剧，进入弥留之际，故被皇帝认为不是吉祥的话。而"此际宸游，凤辇何处"一句，又和仁宗悼念真宗的挽词偶合。最后"太液波翻"彻底惹怒了仁宗，皇家御苑太液池中翻起波浪，是江山不稳的隐喻，仁宗将词掷于地下，柳永的仕途就这样彻底断送了。柳永这首词虽然词藻华美，但作为应制作品确有忌讳之处，这首词也成了柳永命运的转折点。

| 南极老人星 |

天空中最亮的恒星是天狼星，第二颗亮星就是南极老人星，位于天狼星南面偏西。小时候看《西游记》，对这颗南极老人星非常好奇。《步天歌》中描述"有个老人南极中，春入秋出寿无穷"。由于这颗星的纬度太低，在北纬三十五度（秦岭、淮河一线）以北完全看不到，在北纬三十度以南，老人星离地平线大约七度，观察也不易。到广东一带看，老人星离地平线大约十二度。老人星的实际亮度可能与参宿七（猎户座β）差不多，也可能比参宿七更亮。在古代，老人星的出现象征太平盛世，皇帝万寿无疆。

听我讲南极老人星，外公说北宋著名的词客柳永写过一首《醉蓬莱》，其中有"南极星中，有老人呈瑞"。柳永是一位风流词客，他既写"雅词"，例如《望海潮》"东南形胜，三吴都会，钱塘自古繁华"。又写了许多所谓"俚词"，近距离、不加修饰地描绘市井生活和男欢女爱。柳永和歌妓们合作，写完词就由歌妓吟唱，他再依据演唱的效果加以修改，因此他的词非常协律，又通俗易懂："今宵酒醒何处，杨柳岸晓风残月""针线闲拈伴伊坐""有三秋桂子，十里荷花"，受到市井百姓们的欢迎，有一位从西夏归来的官员说："凡有井水饮处，即能歌柳词。"说明柳词传播之广。但晏殊这些士大夫高官看不起他。

北宋的都城汴京位于淮河以北，老人星难得一见。外公说，有一次管天象的太史上奏老人星出现了，宋仁宗大喜，下旨主管词臣写乐章庆祝。这类下旨填写的诗词，称为"应制"诗（词）。当时柳永的名气大，内侍就去找柳永写词。柳永也希望升官，为皇帝写词无疑是个难能可贵的机会，就用心写了这首《醉蓬莱》，由内侍呈奏。这首词处处歌功颂德，极写宫中秋景和太平盛世。但柳永毕竟是一位放荡不羁的词客，又喜欢卖弄，他的词风在不知不觉间显露出来。仁宗见到第一个"渐"字，就不大高兴。读到"此际宸游，凤辇何处"，与当年吊唁宋真宗的挽词暗合，很是伤心。当读到"太液波翻"，仁宗就问为什么不用吉利的"太液波澄"？仁宗本来就"留心儒雅"，欣赏雅词，并不喜欢柳永这样的风流词客。仁宗对这首应制词百般挑剔，最后把词丢到地上，决定"自此不复进用"，让柳永"且去填词"。这首词的创作，对柳永来说本是一个机遇，或可多少改变其多舛的命运。但柳永狂放不羁的气质，加上他卖弄才华，使得这一次千载难逢的机遇与他擦肩而过。当然，但这并未影响柳永在北宋词坛上的地位。

　　春夏秋三季，特别是夏季，晚上满天星斗，我们常常到外面看星星，但在上海市区，总有房屋和灯光，完全看不见老人星。记得有一年外公带我去旅游，当时天气晴好，能见度极高，根据天文书籍中的星空图，那几天南极老人星纬度较高，我就计划明天一早起来看，还给外公讲南极老人星的事。第二天我在凌晨起来，果然在地平线附近看见相当明亮的老人星，我不禁欢喜雀跃。想不到外公跟我出来，把一件衣服披在我身上，一面问我："菲君，看见老人星了吗？"我立即指给外公看，记得他用两个指头比划了一下，现在回想起来，好像是在估算星星的纬度。第二天旅游时，外公继续饶有兴趣地听我讲老人星，还有那颗更加靠南、江浙一带看不见亮星南门二，外公居然知道它叫比邻星。外公又说，古代南极老人星是吉祥、福气的星星。

不久后我参加高考前的上海市模拟考试，400分满分，我考出391分的高分，又顺利考上第一志愿北大物理系。当时我在高三（3）班，高三（1）班有好几位优秀的同学报考北大物理竟一位也没录取。我想我的命真好，会不会是南极老人星暗助？

参加工作多年后回到北大物理系讲课，一位老师告诉我，当年我的高考成绩非常好，但我有一位远亲在台湾，我算"台属"。这在当年，算政治条件不符合北大清华的录取要求。北大物理系赴上海招生小组的组长看了我的档案说："这么优秀的学生不录取，我们北大物理系还办不办了？"他做主把我这名成绩优秀、"政治条件不合格"的考生破格录取了。但凡他坚持原则，"不复进用"，第一志愿不录取，我就不知道会掉到第几志愿，不知会上哪个大学，我的人生道路就会完全不同。

上世纪90年代到神农架开会，晚上满天星斗，银河看得非常清楚，可惜时令不对，未见到老人星。2019年春节到泰国普吉岛旅游，这里位近赤道，晚上我一眼就从繁星中认出格外明亮的老人星！还看到了比邻星南门二。55年过去，总算如愿以偿！望着这南天的满天星斗，想想外公早已作古，人生真是无常！

庆春泽·纪恨

〔清〕朱彝尊

桥影流虹，湖光映雪，翠帘不卷春深。一寸横波，断肠人在楼阴。游丝不系羊车住[1]，倩何人、传语青禽[2]？最难禁。倚遍雕阑，梦遍罗衾[3]。

重来已是朝云散，怅明珠佩冷，紫玉烟沉[4]。前度桃花[5]，依然开满江浔。钟情怕到相思路，盼长堤、草尽红心[6]。动愁吟。碧落黄泉[7]，两处谁寻。

注释

[1] 羊车：古代装饰精美的车子。《晋书·卫玠传》："（卫玠）风神秀异……总角乘羊车入市，见者皆以为玉人。"

[2] 青禽：传说中王母的传书青鸟。

[3] 罗衾（qīn）：绸缎被褥。

[4] 明珠佩冷，紫玉烟沉：明珠佩冷，《列仙传》："郑交甫至汉皋台下，见二女佩两珠大如荆鸡卵，二女解与之。既行，及顾二女不见，佩珠亦失。"紫玉烟沉，《搜神记》："吴王夫差小女名紫玉，悦童子韩重，私许为妻。王不与，玉结气死。重游学归……欲抱之，玉如烟而没。"

[5] 前度桃花：取崔护《题都城南庄》诗意，谓人事变幻。其诗云："去年今日此门中，人面桃花相映红。人面不

知何处去，桃花依旧笑春风。"

[6] 草尽红心：《异闻录》："王出梦侍吴王，闻葬西施，生应教为诗曰：满地红心草，三层碧玉阶。春风无处所，凄恨不胜怀。"

[7] 碧落黄泉：碧落，道教语，天空。黄泉，地下的泉水，代指阴间。

评述

朱彝尊（1629—1709），字锡鬯，号竹垞，浙江秀水（今浙江嘉兴）人。清康熙十八年（1679）举博学鸿词，授翰林院检讨。与陈维崧齐名，并称"朱陈"。开创浙西词派。著有《曝书亭集》等。

这首词词牌有作者小序云："吴江叶元礼，少日过流虹桥，有女子在楼上，见而慕之，竟至病死。气方绝，适元礼复过其门，女之母以女临终之言告叶，叶入哭，友人为作传，余记以词。"小序说明了朱彝尊写这首词的缘起，是纪念叶氏与女子感天动地的爱情。起笔写此事经过，流虹桥上，叶元礼走过，春日翠帘半拢。一女子偶然瞥见，情不知所起，徒然肠断。游丝如何能系住那装饰精美的车子？谁能把我心里的话捎给传说中能够传书的青鸟啊？深情难诉，拍遍阑干，辗转反侧，难以入眠。朝云已散尽，想起明珠佩冷、紫玉烟沉的旧事，不住慨叹。旧时桃花，江畔依然开满。钟情人最怕再到情之所起处，唯盼望长堤长满红心草，吟唱忧愁。生死异途，该去哪里找寻呢？

| 钟情怕到相思路 |

《庆春泽·纪恨》这首词是母亲教我的，当时我正在读高中，母亲说这首词记录的是一个感人的暗恋故事。《续本事诗注》对这个故事有生动的描写：

> 叶舒崇元礼，美丰姿。少日随其兄过流虹桥，有女子在楼上，见而慕之，问其母曰：有与叶九秀才偕行者，何人也。母漫应之曰：三郎也。女积思成疾，将终，语母曰：得三郎一见，死无恨矣。女卒，元礼适过其门，母以女临终之言告，元礼入哭，女目始瞑。

当时我学了这首词，深深地为这位暗恋少女的真情震撼，当她热恋的书生第一次踏进她的家门时，她已经为爱殉情了。母亲又说：凡是写得深刻的传世小说，几乎都是悲剧，"爱和死是永恒的主题"，母亲熟读《红楼梦》，她说，《红楼梦》中的好几位女子也都是为爱殉情，既有小姐，也有丫鬟：尤三姐、晴雯，还有林黛玉。母亲又介绍我读屠格涅夫的《初恋》。

外公二十余岁到日本留学，在返回上海的轮船上，开始翻译屠格涅夫的《初恋》。这本中英对照读物1931年由开明书店初版，多次再版。外公说，翻译这本书，也是他自己文笔生涯的"初恋"。

屠格涅夫创作的这个爱情故事情节曲折，感情缠绵悱恻，少年主人公见到初恋情人蕊娜伊达时激动、羞怯、紧张、幸福、妒忌，与这位美貌的少女对主人公少年完全不在乎形成强烈的反差，而蕊娜伊达执着地欣赏、追求的，却是风采、自信、有气质的成熟男性，她追求这种不受传统约束的热烈、自由、真挚的爱情，愿为爱情献身。而给她带来无穷的痛苦、最终撕裂这位少女的心的初恋情人，却偏偏是少年主人公的父亲，这是一个一开始就注定是悲剧的爱情故事。与其说这部中篇小说描写男主人公的初恋，不如说它在细微地、刻骨铭心地描写少女蕊娜伊达的初恋。

外公的译文非常流畅、优美，译文随着原著的情节起伏跌荡，更像是原创小说，完全看不出翻译的痕迹，是上世纪三四十年代的畅销读物。我手头有一本1947年的第十版《初恋》，是母亲读过多遍后留给我的，纸张已经完全发黄，还留着母亲的注释和我自己的注释。

我曾多次重读《初恋》，主人公（我想，也许就是作者屠格涅夫自己）对于这初恋悲剧的结局有精彩的解读：

So this was the solution, this was the goal to which that young, ardent, bright life had striven, all haste and agitation. （这便是解决，这便是青春的，热烈的，光彩的生命所匆匆忙忙地赶到的决胜点）。读到这里，未免掩卷改容，不忍卒读，未免一次又一次地为蕊娜伊达的悲剧惆怅、伤感、唏嘘不已。这才是"钟情怕到相思路"，这才是"世间儿女，写入琴丝，一声声最苦"（姜夔《齐天乐》）。

2017年，中国青年出版社出版了屠格涅夫的《初恋》（丰子恺译注），这是这本书1949年后第一次在大陆出版。我为这本书写了"后记"。

对于学习英语，外公认为"把英语研究只当作一种技巧，或一种应酬的工具，或商业的媒介物，而疏忽了文学方面的研究，就永远不能理解英语"，就永远不会理解英美民族的民主和自由。外公主张读英文原著，他曾经说过：“一民族的思想精华，藏在这民族的文学和诗里。”他引用过一句格言：“To understand everything is to pardon everything.”意即只有全面深入了解一个民族，才能真正学会如何和他们交流相处，最终和他们成为朋友。

最近，我把外公翻译《初恋》的往事，和这本书即将重新出版的消息，告诉我的美国朋友克利夫·沃伦（Cliff Warren），他听了也非常感慨，就把他自己图书馆中的藏书 *The Vintage TURGEHEV*（英文版《屠格涅夫选集》，1950年出版）送给我，其中就有 *The First Love*（《初恋》）。

多年来，在紧张工作之余，在出差出国的飞机上，我常带的两本书，一本是《白香词谱笺》，另一本就是《初恋》。我想，读者们阅读此书，在为这初恋的爱情悲剧动容时，更能欣赏到原文（英译文）和中译文的优美，每次阅读都会是一种享受。

杂诗·其一

〔东晋〕陶渊明

人生无根蒂^[1]，飘如陌上尘^[2]。

分散逐风转，此已非常身。

落地为兄弟，何必骨肉亲。

得欢当作乐，斗酒聚比邻^[3]。

盛年不重来，一日难再晨。

及时当勉励，岁月不待人。

注释

[1] 根蒂：根和蒂。蒂：瓜果与茎连接处。

[2] 陌上：泛指道路。

[3] 斗酒：一斗酒。比邻：邻居。

评述

陶潜，字渊明，又字元亮，世称"靖节先生"。东晋浔阳柴桑（今江西九江）人，大诗人、辞赋家。他的《杂诗》共十二首，这是其中第一首。大约作于晋安帝义熙十年（414）。这时的陶渊明辞官归田已经八年。他将人生的许多感悟写在这组《杂诗》中，用明白如话的诗意语言，将深奥的人生哲理表达出来。这首诗开篇即感慨人生下来就是漂泊无依的，命运不可琢磨，也把握不定，遭逢乱离之后，我们都已经不再是本来的那个自己了。常身即常住之身，佛教思想中永恒不变的那个出尘离垢的法身。诗人第一层突出了人生在世的漂泊不定，第二层则强调了世间不必兄弟才算至亲，有道是远亲不如近邻，与邻里得意须尽欢也是一样，似乎是在强调及时行乐。最后第三层意思转向了人生在世时间宝贵，一天不可能重新回到早上，人生也不可能重回少年，应该用在有意义的事情上，及时勉励，岁月不待。整首诗，语言明白晓畅，第一层意思的漂泊感，第二层意思的及时行乐，都在第三层意思的勉力而为中得到了确认和升华。用诗歌表达哲理，陶渊明继承了东晋时期的玄言诗，并对其进行了系统性的改造与创新。因而他的《杂诗》读来令人不觉枯燥，深刻的生命哲学也就愈加沁人心脾，百代常新。

▎ 外公建议我学物理 ▎

当年我在复兴中学读书的时候兴趣很广泛，既喜欢数理，又向外公学美术速写，学古文诗词，还是一名天文爱好者。高一的时候，根据物理教科书中非常有限的光学知识，我和同学一起到虹江路旧货摊上购买了一块直径约100毫米、焦距不到1米的平凸透镜当物镜，用几块放大镜当目镜，用纸糊了一个镜筒，制成了一个开普勒天文望远镜。用这具简陋的望远镜，我们居然看到了木星的四颗卫星、土星的光环、内行星金星的盈亏，还能清晰地看到月球表面的环形山。我们这些中学生当时都异常兴奋，我就一五一十告诉了外公。他听了也很高兴，根据我描述的情形，当时挥毫作画送给我，并题诗一首：

自制望远镜，天空望火星。仔细看清楚，他年去旅行。

这幅画后来在上海《新民晚报》发表。外公又写了一个条幅送我：

盛年不重来，一日难再晨。及时当勉励，岁月不待人。

这四句诗选自陶渊明的《杂诗》。

高三那年学校文理分班，我既喜欢中文，又向外公学了三年素描，且又热爱数学、物理，到底报上海美院、中央美院，还是读数理化，拿不定主意，第二天就得最后决定报文科还是报理工科了，于是就去征求外公的意见。记得那一天外公在"日月楼"的阳台上，他端着一杯茶来回踱步，一面吟诵他最喜欢的诗：

谁解乘舟寻范蠡，五湖烟水独忘机。

听了我的困惑，外公喝了一口茶对我说："我们家学文、艺术、外语的多，你的数理成绩这样好，又喜欢天文，我看不如去考北大学物理。"他对我说，物理不好学，但有志者事竟成。他还告诉我，他上初中时，数理学得很好，一直是班里第一名。后来师从李叔同先生（即弘一法师），专心学美术音乐，数理成绩才掉到二三十名。

听了外公的话，我心中摇摆不定的天平立刻向理工科倾斜，上了理科班，又如愿以偿，第一志愿考上北大物理系（第二、第三志愿都是天文系）。我在北大物理系学习非常优秀，毕业后从事物理学的研究和光学工程、光学仪器的开发至今。我们研制、生产的光学系统，不知比当年的天文望远镜精密了多少倍。特别是为欧美大公司研制的复杂、精密的光学系统，外商称达到了"world wide top level"（国际先进水平），已成批出口。

外公于1975年去世，他的字画和书信在"十年动乱"中大部散佚。最近，我有幸重新看到外公当年送我的画和条幅的真迹，真是欣喜万分。我这才想到原来我一直在有意无意地沿当年外公指示我的方向往前走。

2005年在圣地亚哥，美国国际光学工程学会（SPIE）主席授予我Fellow SPIE（高级专家会员）证书。我是中国大陆第七位获此殊荣的光学专家。一直到如今，我仍在中科院做客座研究员，并主持美国委托的科研项目。2018年5月4

日我写完自己的第六本专著《近代光学系统设计概论》，那天恰是母校 120 周年校庆，那一年也正是外公 120 年华诞。

回忆起来，发现我五十多年的研究生涯有一个重要的起点，就是当年自制望远镜之后外公送我的画和条幅。

我想，这五十多年的经历，也许就是我对母校、对外公最好的回报。至于外公为什么建议我弃文从理，是基于他讲的简单理由，还是像他的漫画那样"弦外有余音"，就不得而知了。对于我，这是一个永远解不开的谜。

盛年不重来 一日难再晨及
时当勉励 岁月不待人

丁酉仲夏写绘
菲君 子轻

扬州慢·淮左名都

〔南宋〕姜　夔

　　淳熙丙申至日[1]，余过维扬，夜雪初霁[2]，荠麦弥望[3]。入其城，则四顾萧条，寒水自碧，暮色渐起，戍角悲吟[4]，予怀怆然[5]，感慨今昔，因自度此曲。千岩老人以为有《黍离》之悲也[6]。

　　淮左名都[7]，竹西佳处[8]，解鞍少驻初程。过春风十里，尽荠麦青青。自胡马窥江去后[9]，废池乔木，犹厌言兵。渐黄昏，清角吹寒[10]，都在空城。

　　杜郎俊赏[11]，算而今、重到须惊。纵豆蔻词工[12]，青楼梦好，难赋深情。二十四桥仍在，波心荡、冷月无声。念桥边红药[13]，年年知为谁生。

....

注释

[1] 淳熙丙申至日：南宋孝宗淳熙三年（1176）。至日，冬至。

[2] 霁：雨雪停止。

[3] 弥望：满眼。

[4] 戍角：驻防军队的号角声。

[5] 怆然：悲伤。

[6] 千岩老人：南宋诗人萧德藻，字东夫，自号千岩老人。姜夔曾随其学诗。《黍离》：《诗·王风》篇目，周大夫

过西周故都，见宗庙坍毁，为禾黍所掩没，逡巡不忍离去，作此诗。后世多以"黍离"表达故国之思。

［7］ 淮左：指淮河以东。

［8］ 竹西：唐·杜牧《题扬州禅智寺》诗："谁知竹西路，歌吹是扬州。"后人因于其处筑竹西亭，又名歌吹亭，在扬州府甘泉县（今江苏省扬州市）北。

［9］ 胡马：指胡人的军队。

［10］ 清角：清越的号角。

［11］ 杜郎：杜牧。俊赏：清赏俊逸。

［12］ 豆蔻：植物名。多年生草本植物。叶大，披针形，花淡黄色，果实扁球形。南方人取其尚未大开的，称为含胎花，以其形如怀孕之身。诗文多用以比喻少女。

［13］ 红药：芍药花。

评述

　　姜夔（1155—1221），字尧章，号白石道人，鄱阳（今属江西）人。南宋文学家。于词境颇多开新，独创一格。一生未仕，以布衣终老。通音乐、擅填词。著有《白石诗集》《白石道人歌曲》等。尽管姜夔一生未仕，但他对南宋朝廷仍怀深沉的忧虑。淳熙三年，姜夔客游扬州，城外满眼荞麦。入城中，凋敝破败，触目凄凉，暮色中悲凉的戍边军号角又起，怆然悲戚。上阕即写过扬州及进入城中的悲凉见闻。以"名都""佳处"起，却以"空城"收，颇多今昔之感。转而生出怀古之忧思，联想起杜牧有名的扬州诗，若他重来此处，见这废池空城，纵然豆蔻词工、青楼梦好，也再难吟出那些深情婉丽的诗句了。眼前有的只是这一弯冷月，一潭寒水，还有那昔日的二十四桥，桥边芍药，花开依旧，此地无人，独自落寞。"二十四桥仍在"及"念桥边红药"二句尤工，其中惨淡悲戚，缠裹弥漫，牵动心绪，后世推崇备至。

| 我的扬州梦 |

　　盼着到扬州一游，我已盼了好几十年，2009年4月中旬，在扬州附近工作的大学同学卢迁、梅娅的再次建议之下，总算下了决心，平生第一次休年假，和妻子丽君一起去扬州游览。

　　我盼望游扬州，与其说是去览胜，不如说是寻梦。我十多岁就会背诵杜牧的名篇："青山隐隐水迢迢，秋尽江南草未凋。二十四桥明月夜，玉人何处教吹箫？"后来又读了李绅的"夜桥灯火连星汉，水郭帆樯近斗牛"，徐凝的"天下三分明月夜，二分无赖是扬州"，特别是姜夔的那首《扬州慢》，以当年杜牧所历经的繁华和浪漫来反衬金兵南侵掳掠后扬州的凄凉和萧索。我每次吟诵到"二十四桥仍在，波心荡、冷月无声"，就"掩卷改容"，觉得姜夔的词优美、伤感，几乎达到了诗词艺术的最高境界。

　　晚上乘Z29次车，不过十个小时就到了扬州，这里已看不到当年的酒肆青楼、歌台舞榭、喧闹的市井，更没有"高楼红袖客纷纷"（王建《夜看扬州市》），没有一点古城的味道。看到的只是鳞次栉比的高楼（虽不如北京的楼那么高），繁忙的超市，满街满巷的小汽车、出租车和匆匆往来的年轻人。这里仿佛就是一个按比例缩小的北京。

　　不一会儿同学卢迁和梅娅两口子就找到我们，一起游二十四桥。公园很新很漂亮，但处处都可看出近代修缮的痕迹。记得六十多年前外公也曾反复吟诵"二十四桥仍在"，专门到扬州来找大名鼎鼎的二十四桥，以满足"怀古欲"。当时年轻的司机居然都不知道有二十四桥，在一位老者的指引下到城外荒郊看到一个残破的石拱桥，据说就是二十四桥，外公非常感慨，画了幅画还写了篇文章，画题就是《二十四桥仍在》。现在二十四桥真的变成大名鼎鼎的景点，已经和瘦西湖连成一片，都在城区内。

走了半小时望见一座桥，远远望去，和外公画上的桥有点像。到跟前一看，却有点令人失望。桥太新太华丽，完全缺少古朴的质地。倒是在桥边发现毛主席书写杜牧的诗碑，毛主席年轻时学过怀素和尚的狂草，他的字非常遒劲有力。不过在碑文下面的说明中说毛主席写到"何"字就不知为何戛然而止，由他的秘书田家英续完了最后四个字"处教吹箫"。仔细看看确实不如毛主席的字大气，不过敢续毛主席的字，学得像就大不易。

我在二十四桥附近到处看，始终未找到姜夔的《扬州慢》，二十四桥旁边也没有红色的芍药花，缺少了"念桥边红药，年年知为谁生"的意境。

杜牧当年曾任淮南节度使衙门的秘书长（掌书记，类似于现在的秘书长），时在青楼教坊间冶游，生活放荡不羁，也颇受责备，后来有点后悔，写了"十年一觉扬州梦"。不过杜牧的好诗大都是在他冶游时写的。此番游历，总算是亲历了"春风十里扬州路"，看到了"卷上珠帘总不如"的扬州瘦西湖，二十四桥仍在，梦醒之时，扬州还是留下了美好的印象。据说附近还有许多胜迹，就留待下次再来游历吧。

怀中诗[1]

〔清〕马体孝

赋性由来似野牛，偶携竹杖过江头。
饭囊带露装残月，歌板临风唱晚秋[2]。
两脚踏开尘世路[3]，一生历尽古今愁[4]。
从兹不复依门户，荒犬何劳吠不休[5]。

·······································

注释

[1] 该诗作者向有争议。据《（乾隆）凤台县志》（乾隆
四十九年刻本），作者为马体孝，字翁恒，清代乾隆年
间山西泽州凤台人，诸生，后弃功名出外游历，乞讨为
生，冻饿而死于江淮。民国徐世昌所辑之《晚晴簃诗
汇》卷九十九收此诗，题为《怀中诗》，作者马体孝，
诗句与《凤台县志》稍异。本书所引据《晚晴簃诗汇》。

[2] 歌板本指说书艺人歌唱时打节奏的乐器，此处指要饭时
为引起人注意的板子。

[3] 两脚踏开尘世路：《凤台县志》作"双足踏穿尘世路"。

[4] 一生历尽古今愁：此句各本异文极多，如《凤台县志》
作"一身卧遍古荒丘"，不及丰先生所见句精彩。

[5] 荒犬：《凤台县志》作"蹦犬"，跳跃的狗，意涵更
丰富。

评述

这首诗堪称古今"乞丐诗"第一。前四句勾勒出一位虽以乞讨为生，但是志趣清高、情性恬淡的隐士形象：他性不喜奔走于豪门贵室，甘于隐居村野。手提着一根竹杖走遍四方。饭囊常空空如也，只得边喝着西北风，边打着板子歌唱乞讨。人不堪其忧，他却珍视艰难生活中的美好景致。这哪里还是一首乞丐诗，分明带有几分柳永词的格调。后四句笔锋一转，诉说自家怀抱，更是豪迈风流：诗人一生历尽古往今来诸多愁苦，两脚踏遍尘世间的经纬道路，见多识广，阅历丰厚，同时暗示他的生命也悄然走向尽头。诗人孤傲清高的外表之下，隐藏着一副关怀民瘼的炽热心肠。关于该诗的作者，争议较多。乾隆四十九年（1784）刊刻的《凤台县志》卷二十，作者为山西泽州的马体孝。丰先生从《随园诗话补遗》中读来的，读的虽然不是原诗，但《随园诗话》中"一肩担尽古今愁"一句，却比原诗高明得多。特别需要说明的是，从诗的出处与内容看，此诗绝非袁枚本人的"绝命词"，而是一首诗丐的遗作。

┃ 一肩担尽古今愁 ┃

外公教我们的诗词，取材很广，其中包括袁枚的《随园诗话》。对于这本书，外公有过精彩的评述：

> 诗话、词话，是我近年来的床中伴侣兼旅中伴侣。最初认识《随园诗话》是在病中。这是一册木版的《随园诗话》，是父亲的遗物。我向来没有工夫去看。这时候一字一句地看下去，竟看上了瘾，病没有好，十二本《随园诗话》统统被看完了。它那体裁，短短的，不相连络的一段一段的，最宜于给病人看，力乏时不妨少看几段；续看时不必记牢前文；随手翻开，随便看哪一节，它总是提起了精神告诉你一首诗，一种欣赏，一番批评，一件韵事，或者一段艺术论。若是自己所同感的，真像得一知己，可死而无憾。若是自己所不以为然的，也可从他的话里窥察作者的心境，想象昔人的生活，得到一种兴味。
>
> 凡作诗者各有身份，亦各有心胸。"留得六宫眉黛好，高楼付与晓妆人"是闺阁语，"莫向离亭争折取，浓阴留覆往来人"是大臣语，"五里东风三里雪，一齐排着等离人"是词客语，"天涯半是伤春客，飘泊烦他青眼看"是慈云获物之意，"不须看到婆娑日，已觉伤心似汉南"则明是名场耆旧语矣。

外公自己的一些漫画的画题也出自《随园诗话》，例如《水藻半浮苔半湿，浣纱人去不多时》。

外公在浙江省立第一师范学校曾师从李叔同学习音乐和美术，毕业后，曾担任春晖中学、立达学院的教师。抗战时期外公在浙大讲授"艺术概论"时，教室里、走廊里挤满了学生，争相一睹这位艺术大师的风采。成家后，作为父亲，他努力工作，写散文、设计封面、画画养活全家。

1933年，外公完成其母亲的遗愿，在故乡建造了"缘缘堂"。外公曾说过："缘缘堂就建在这富有诗趣画意而得天独厚的环境中。运河大转弯的地方，分出一条支流来。距运河约二三百步，支流的岸旁，有一所染坊店，名曰丰同裕。店里面有一所老屋，名曰惇德堂。惇德堂里面便是缘缘堂。"

外公自己说过："我的心被四事所占据了：天上的神明与星辰，人间的艺术和儿童。"作为慈父，他体察儿童的生活，以子女为模特，画出了许多脍炙人口的儿童画。为儿童生活写照。《瞻瞻的脚踏车》《妹妹新娘子、弟弟新官人、姐姐做媒人》《阿宝两只脚、凳子四只脚》《快乐的劳动》等成为家喻户晓的儿童画。2018年丰子恺作品展，展出他为小儿子新枚（我的小舅舅）画的连环画《给恩狗的画》，"10后"的小朋友排着长长的队，观看、欣赏、临摹丰子恺的画。

在旧社会，作为富有正义感的现实主义画家，作为有良心的艺术家，外公"当面细看社会上的痛苦相、悲惨相、丑恶相、残酷相，而为它们写照"。例如《都市奇观》《荣誉军人》《高柜台》《脚夫》《鬻儿》《最后的吻》等，在社会各界引起巨大反响。

淞沪抗战开始后，外公决心"宁当流浪者，不做亡国奴"，1937年11月下旬，日寇以迂回战突犯杭州湾金山卫，外公仓卒辞缘缘堂，率亲族老幼十余人，带铺盖两担，逃出火线，迤逦西行，经杭州、桐庐、兰溪、衢州、常山、上饶、南昌、新喻、萍乡、湘潭、长沙、汉口，桂林，遵义，最后到达重庆，在抗战期间作为爱国的画家，外公用他的"五寸不烂之笔"，控诉敌寇的暴行，讨伐日本侵略者："来日盟机千万架，扫荡中原暴寇，便还我河山依旧。""誓扫匈奴，雪此冤仇。"

历经八年的艰苦，外公愁白了头。在1944年中秋外公曾写过"七载飘零久，喜巴山客里中秋，全家聚首""今夜月明人尽望，但团圆骨肉几家有，天于我，相当厚"。

1949年后，作为人民的画家，外公歌颂新社会，描绘祖国大好河山。作为周总理和陈毅副总理推荐的上海中国画院首任院长，他尽职尽力，兼容并包，支持各画派艺术的发展；作为全国政协委员，他为发展文艺事业献计建言，得到政府各界的重视，受到周总理的接见。

作为恩师弘一法师的学生，外公丰子恺曾遵嘱画了6卷450幅护生画，深刻表现出爱护生灵，人类与动物、人类与自然的和谐相处的精神。特别是第六卷，是在常人无法想象的困难条件下，于1974年在他的寓所"日月楼"中完成的。

"一肩担尽古今愁。"画完最后一幅护生画一年后，1975年，外公溘然长逝，走完了他78岁的人生之路。

2018年是外公120周年华诞，在香港、杭州、桐乡、北京和上海举办了6场丰子恺的作品展。展出绘画、书法（包括长卷）、扇面、散文、装帧设计、翻译手稿等，绘画包括《古诗新画》《护生画集》《大树画册》《给恩狗的画》等，可以说是盛况空前。2019年9月7日，又在遵义举办"柳待春回——丰子恺遵义执教80周年"书画展，纪念外公抗战期间在浙大执教。那一天，又恰逢父母亲结婚79周年，我代表丰公家属在会上致辞。

北京展会从 2018 年 10 月 25 日至 11 月 4 日在中国美术馆举办。开幕式上从北京天使童声合唱团一曲"长亭外，古道边"天籁般的歌声响起，10 天内观展人数超过 8 万，展馆外每天都排着长长的队伍。这次展览的观展人数、踊跃程度超过了敦煌艺术展，也超过了故宫的《清明上河图》和《千里江山图》两次大展。原中共中央政治局常委、国务院副总理李岚清专程前来参观展览，还送来了他画的丰子恺画像。观展的嘉宾中还包括四位中国科学院和中国工程院院士以及一大批物理和光学界的专家、教授，堪比物理学的年会。美术馆说他们从未接待过这么多的科学家。

我想，个中原因，在于大家都敬仰丰子恺，都喜欢寥寥数笔就栩栩如生的子恺漫画，都喜欢"小中能见大、弦外有余音"的画风、画骨，都喜欢他那画中有诗、诗中有画的《人散后一钩新月天如水》，都爱读《缘缘堂随笔》，都欣赏丰子恺那行云流水、舒卷自如的书法，都爱看他翻译的《源氏物语》《猎人笔记》……参观展会的，既有白发苍苍、坐着轮椅的老人，带着孩子的父母，又有大中学生、小学生、媒体记者、外国友人等。广大的 70 后、80 后、90 后、00 后和 10 后成了敬仰丰子恺，热爱、传播子恺漫画的主要群体。

"潇洒丰神永忆渠"，大家怀着崇敬的心情，缅怀漫画家、散文家、书法家、翻译家、装帧设计家、音乐教育家丰子恺，追忆潇洒丰神那既平凡又极不平凡的人生之路。

无学校的诗词教育

——《丰子恺家塾课》读后识

2018年，在艺术大师丰子恺先生诞辰120周年之际，丰先生的长外孙宋菲君教授与华东师范大学出版社的许静女史共同计划，酝酿编纂一部反映丰先生教授儿孙学习古诗词的读物。宋菲君教授是北京大学物理系的校友，他在考入北大之前，在上海度过了青少年时期，那时他常与丰先生一处生活。"文革"中，丰先生处境艰难，无法再给孙辈授课，因此丰氏后人中，亲承过丰先生教诲且目前身体仍康健者，大概只有宋菲君教授一人：他是撰写本书的不二人选。

在命笔之初，我们曾有把丰先生当年教过的所有古诗词都罗列出来并施以评注的想法，后经过深入考虑，感觉缺乏可操作性。时隔半个多世纪，已不可能完全复现当年的教学内容与场景。我们现在能做到的，只是通过当事人回忆的教学片段，讲述与诗词有关的生活细事，结合以丰先生文集、书信、日记中的相关材料，尽力还原丰先生对古诗词、对艺术、对教育的总体性看法。

一、

丰先生教儿孙读古诗词，有三个鲜明的特点。首先是喜欢选取有故事背景的诗词讲授。丰先生平时就喜欢读诗话（尤其是《随园诗话》）、读《白香词谱笺》，教儿孙时也常从中取材。丰先生取《白香词谱笺》为教本，主要就是看中此书的笺注部分提供了许多与作品背景相关的故事。刚接触古诗词的人，特别是儿童，无法完全理解格律、用典、意象、炼字这些深奥的概念，"故事"无疑是最便捷的入门途径。从古代诗学的发展历程看，早期的诗文评著作，也专有一类是从"故事"起手来讲诗的，如孟棨的《本事诗》便是。"重故事"可以说既符合少年儿童的年龄特点，也符合传统诗学的发展逻辑。本书选的《章台柳》《荆州亭》《徐君宝妻》《阿英词》等，都是很有故事的作品。从一首诗词出发，引出一桩故事、一番考证、一点回忆、一段鉴赏，或是一种感悟，这是本书的体例与追求。

其次，丰先生读诗"不求甚解"，且喜欢"断章取义"。从《左传》《国语》中的记载看，东周列国时代的人们，在言谈话语中每常吟诗而言志，但不必引全篇，往往只拎出零章片句；引诗所表达的意思，也不必尽依诗篇的本旨。远如孔子所说的"思无邪"，近如王国维《人间词话》中提出的"古今之成大事业、大学问者必经过之三种境界"，都是援引诗词而言，但其旨趣又都与原篇大不相同，是"断章取义"的典范。丰先生教诗词，包括他创作"古诗新画"，也总是用这种"断章取义"的法子，只撷取诗中最精彩的一两句来写、来画、来教。他在《漫画创作二十年》一文中说："我从小喜欢读诗词，只是读而不作。我觉得古人诗词，全篇都可爱的极少。我所爱的，往往只是一篇中的一段，或其一句。这一句我讽咏之不足，往往把他抄写在小纸条上，粘在座右，随时欣赏。有时眼前会现出一个幻象来，若隐若现，如有如无。立刻提起笔来写，只写得一个概略，那幻想已经消失。我看看纸上，只有寥寥数笔的轮廓，眉目都不全，但是颇能代表那个幻象，不要求加详了。"（见《丰子恺文集 4·艺术卷四》）

"不学《诗》，无以言"（《论语·季氏》），当人们真正喜欢诗，并且理解它、掌握它之后，诗就不仅是一种语言形式，而成为交流的工具，乃至思维与生活的方式。

> 近来发见一条到车站的近路。……今日天阴风劲，倍觉凄凉。走在路上，我常想起陶渊明的诗："荒草何茫茫，白杨亦萧萧。严霜九月中，送我出远郊……"嫌它不祥，把念头抛开。但走了一会又想起了。环境逼得你想起这种诗。（一九三八年十一月十五日）

> 于集上买大红枣二斤，每斤五毫。枣大如拇指。食枣，想起古人诗"神与枣兮如瓜"，又想起陶诗"黄花复朱实，食之寿命长"。（一九三八年十二月六日）

> 午彬然、丙潮联袂而来，章桂为厨司，办菜尚丰。吾多饮而醉，日暮客去犹未醒。唱"日暮影斜春社散，家家扶得醉人归"之句，恍如身值太平盛世，浑不知战事之为何物也。（一九三九年一月十八日）

> 久住城市，初返乡，自有新鲜之感。吾卧一帆布床，书桌设床前，晨起即以帆布床为椅而写作。客来即坐对面之板床上。忆元稹旅眠诗云："内外都无隔，帷帐不复张。夜眠兼客坐，同在火炉床。"吾今有类于此。（一九三九年六月八日）

在丰先生的《教师日记》中（见《丰子恺文集7·文学卷三》），类似的记载俯拾皆是。"君子无终食之间违仁，造次必于是，颠沛必于是。"（《论语·里仁》）古之君子，即使颠沛流离，也不曾有一顿饭的工夫忘了求仁这件事。套用这句古话，丰先生可以说是"无终食之间不言诗，造次必于是，颠沛必于是"，就是在最艰难的抗战西迁时期，走在路上，脑中冷不丁就浮现出诗中的情景：吃一个枣，一下子能想起两首古诗。这才是真正爱诗、懂诗且生活在诗中的人。

日记中提到的"家家扶得醉人归"，丰先生后来把它画成了漫画。《一肩担尽古今愁》《贫女如花只镜知》这些画作也都是以古诗为题的，这两句诗《随园诗话》里引过，但诗话里所引的文字和原诗小有出入。这说明丰先生并未读过原诗，他用他的艺术家之眼，把这些佳句从诗话中摘出，并用画笔艺术地再现出来。

当然，选入本书的作品都是完整的篇什。为了适应不同层次读者的需要，我们还对诗词的文本进行了核校。丰先生题画或手书诗词，只凭记忆，故偶有个别文字疏失，另外有些诗词的文句本身也有异文。这次由北京大学医学人文学院的讲师李远达博士与北京大学中国语言文学系古典文献学专业的高树伟博士分头对入选的诗与词，进行校、注、评的工作。个别作品的题目、作者、词句理解等诸方面，学界尚存争议的，两位博士都贡献了他们专业的意见。

最后，丰先生教学特别"重在参与"。《缘缘堂随笔》中的《扬州梦》讲的是丰先生教生病的儿子丰新枚学《唐诗三百首》与《白香词谱笺》，当讲到姜白石的《扬州慢》时，突然来了兴致，次日便带着儿女往扬州的二十四桥"寻梦"。这一教学方法也延续到了孙辈，丰先生当年为了带外孙子领略钱塘江潮，是特意向学校请了假，从上海赶去的。把本书中《浙江潮》一篇与丰先生 1934 年写的《钱江看潮记》对读（见《丰子恺文集 5·文学卷一》），《游庐山记》二篇与丰先生 1956 年写的三篇《庐山游记》合观（见《丰子恺文集 6·文学卷二》），丰先生的这一教学方法及其成效可以跃然纸上。

二、

丰先生对儿孙的教育亲历亲为，有部分原因是当时的学校教育不孚人望。1927年，丰先生把当时学校教育的种种弊端，如课程安排机械、校规死板、教员体罚学生以及向儿童灌输与其年龄不相称的政治观点等，及其对学校教育的质疑与反思，撰成了《无学校的教育》一文[①]，大力倡导"无学校的儿童教育"理念，文中特意摘译了日本教育家西村伊作《我子的学校》一书中的部分内容：

> 父母，尤其是母亲，不要每天孜孜于家庭的琐事细故，而分一点力来教育子女，父母自己的心也很可以高尚起来。因为教育的神圣事业而教育的人，必先有高尚的精神。为了教育的一种大而善的事务，即使饭菜稍不讲究一点，扫除稍不周到一点，家庭也欢乐而发美的光辉了。

在学校教育高度发达、社会教育如火如荼的今天，我们回看丰先生的"无学校的教育"思想，非但不觉其过时，反而觉得其中有许多特别可珍贵之处。其一，"无学校的教育"所提倡的父母的高质量陪伴，是今天有些家庭格外缺失了的。其二，"无学校的教育"并不要求父母有多么高深的学问，"教育者只要是人就行"，"深究学问的人，也许反是失却人间味的"。学校是集大众而演讲、经考试而颁发文凭的机构，学

[①] 原载1927年7月20日《教育杂志》第19卷第7号（收《缘缘堂集外佚文》上册）。下文凡不具出处之引文，皆引自此篇。

校教育是为在职场上寻敲门砖的；"无学校的教育"则更注重人格的健全与完善，其实质是"养成教育"，"由这样教育出身的子女，一定是比由学校教育出身的更稳健而有深的思虑的人"。除夕夜吃罢年夜饭，全家老小聚在一处，合唱"长亭外，古道边，芳草碧连天……"，这其实是很多人家都能做到的，只是现在更多的家庭在会餐之后选择的是一人窝一个沙发抱着一台手机。其三，特别要说明的，父母分精力教育子女，获益的不仅是子女，"父母自己的心也很可以高尚起来"。好的教育是双向的。丰先生有许多画，还有他散文中的一些名篇，本身就是画给或写给家中孩子的。"天地间最健全的心眼，只是孩子们的所有物，世间事物的真相，只有孩子们最明确、最完全的见到。我比起他们来，真的心眼已经被世智尘劳所蒙蔽，所斫丧，是一个可怜的残废者了。"（《儿女》，见《丰子恺文集 5·文学卷》）丰先生一生能长葆赤子之心，这和他喜爱儿童并善于从孩子身上汲取创作灵感是密不可分的。

杭州西泠印社有清人陈鸿寿手书的楹联："课子课孙先课己，成仙成佛且成人"，"成仙成佛"不过是说说而已，把这副楹联稍改几个字："课子课孙亦课己，成龙成凤先成人"，其实就切合丰先生的"无学校的教育"的理念，这是古今中外的教育家所共同推崇的。

三、

丰先生幼年最初接受的是私塾教育，后入读浙江省立第一师范学校。在这所学校里，音乐、美术是最重要的功课，这是因为担任音乐、美术课的教师是李叔同先生（即后来的弘一法师）。正是李先生的人格魅力，使平常不受重视的课程成了学校的"主课"。丰先生受李叔同影响很深，后来他也像李先生一样赴日本游学，成为学跨中西、兼通古今、出入僧俗的大艺术家。

丰先生是脱胎于旧时代的文人，他更是新文艺的开拓者与奠基人。他教儿孙学古诗词，但作文或通信却主张采用白话①；他以古诗词入画，画的却是现代生活；他自身是学艺术的，却很鼓励外孙子根据自己的爱好、特长报考物理学系。人惟求旧，学惟求新。丰先生的学识与艺术，已为我们指引了民族、大众、进步的新文化发展路向。本书的编纂与出版，除为世人留下一份珍贵记忆之外，庶几可对当今时代家风、家训之弘扬，对眼下"国学"与"国潮"复起之世风，略起些示范与引导作用。

我与宋菲君教授因同喜欢京戏而结识，蒙宋教授推举，委我审阅书稿，故书中内容得先睹为快；书成付梓之际，撰为小文，缀于卷末，以向作者致敬，并向编辑同仁道谢。

北京大学中国语言文学系、中国古文献研究中心　林　嵩

2021-01-31

---

① 丰先生1945年6月3日给后学夏宗禹写信时说："今后我们通信，请用白话，好否？原因是：（一）我一向主张白话文，惟写信时仍旧用文言，常常觉得不该，而始终不改，请从今改。（二）写信用文言，是为了对方生疏客气，不便'你你我我'，必须用'先生''足下''弟''仆'一套。现在我与你已很亲熟，将来或许关系还要亲密起来，所以应该用白话通信，比文言亲切些。（三）你原是新文学时代的青年，只因如你所说，在南充住了三年，与老成人交往，学了老成气，故写信用了文言。我表面虽是老人，心还同青年一样，所以请你当我是青年朋友，率直地用白话通信。（四）还有一个更重大的原因，我希望你更加用功文学，而用功的必须是白话文学，（古书当然要多读，但须拿研究的态度去读，不可死板模仿古人，开倒车。）白话文学注重内容思想，不重字面装饰。（反之，文言往往内容虚空，而字句琳琅华丽。）这才真是有骨子的文章。我们就用这种文字来写信，岂不痛快？因上述四个原因，我主张和你以后用白话通信。不知你赞成否？"（见《丰子恺文集7·文学卷三》）